오늘,

나는 아직
끝나지 않았다

오늘, 나는 아직 끝나지 않았다

고바야시 미키 지음

공감

오늘이라는 기적

인생의 각 계절은 때때로 어둡고 험난한 긴 터널처럼 느껴질 수도 있다. 그러나 터널의 끝에 있는 빛을 믿고 나아가야만 한다.

루 홀츠(Lou Holtz)는 "승리란 패배의 강화를 통해 얻어진다"고 했다. 이 문장은 내 삶의 깊은 울림을 주었고 "오늘은 더 나은 날이 될 수 있다"라는 말을 남겼다. 삶의 진정한 기적은 우리가 오늘이라는 날을 맞이하고, 그날 안에서 어떤 선택을 하는가에 달려 있다.

사계절을 통해 우리는 성장하며, 지나온 경험이 곧 우리의 내일을 밝히는 길잡이가 된다는 것을 깨달았다.

이전의 실패가 나를 규정짓지 않도록, 매일매일 내 삶의 주인으로서 내가 원하는 방향으로 나아갈 수 있다는 믿음을 가져야한다. 모든 고난과 역경은 나를 더 단단한 사람으로 만들어 주기위한 과정이었다.

오늘 아침, 환한 햇살을 받아들이며 다시 한번 느꼈다.

오늘은 결코 사소한 날이 아니다. 오늘은 내가 할 수 있는 가장 중요한 일, 즉 '현재'에 충실할 수 있는 기회이다. 나는 어제의 아픔을 두려워하지 않고, 내일의 불안에 매이지 않기로 했다. 중요한 것은 지금, 이 순간, 오늘의 선택이다.

작은 미소를 지을 수 있었던 것, 누군가와 따뜻한 대화를 나눌 수 있었던 것 그리고 한 걸음이라도 앞으로 나아간 것. 그런 것들이 모여 내 인생의 이야기를 만들어 간다.

이 글을 읽고 있는 당신에게도 분명 이와 같은 순간이 필요할 것이다.

지금 어떠한 계절을 지나고 있든 그 안에서 희망을 찾아보기를 권한다. 어떤 겨울이 당신을 힘들게 한다고 하더라도 그 끝에는 반드시 봄이 올 것이고, 어떤 뜨거운 여름이 당신을 괴롭힌다 해도 그것이 당신을 더욱 강하게 만들어 줄 것이라는 점을 잊지 않기를 바란다.

우리는 모두 사계절을 받아들이며 살아간다.

때로는 꽃이 피고, 때로는 잎이 떨어진다. 그러나 그 모든 것이 우리를 성장하게 하고, 인생의 아름다움을 경험하는 데 중요한 과정임을 기억하자.

계절은 돌고 도는 것이지만 우리가 가진 것은 언제나 오늘이다.

매일매일 우리가 자라고 있음을 느끼고, 그 소중함을 잊지 말아야 한다.

"가장 아름다운 꽃은 가장 추운 겨울을 견딘 나무에서 피어난다."

이 진실을 기억하자.

오늘 하루, 당신이 앞으로 나아갈 수 있도록 보장해 줄 수 있는 것은, 바로 지금 이 순간을 어떻게 살아가느냐에 달려 있다. 고통도, 실패도, 그러한 체험이 우리를 더욱 아름답게 만들어 주는 것임을 기억하고 오늘이라는 이 하루가 가장 중요하다는 것을 잊지 말자.

이 글을 읽고 있는 당신도, 나와 함께 여전히 끝나지 않은 여정을 이어가고 있다. 불확실한 내일에 대한 두려움보다는, 지금

이 순간의 소중함으로, 사계절을 견뎌 내며 더 깊은 삶을 살아갈 준비를 하자.

오늘, 나는 아직 끝나지 않았다.

무엇보다도 오늘, 당신은 여전히 끝나지 않았다.

앞으로도 계속해서 오늘을 새롭게 맞이하시기를 바란다.

서문

오늘이라는 기적 · 4

____

봄
새로운 시작의 노래
____

벚꽃이 속삭인 깨달음 야마가타에서 맞이한 봄 · 14

슬픔이 위안과 만나는 그 순간 · 18

홀로 선 나무처럼 그리움 속에서 살아가는 삶 · 24

봄비가 내리던 날 죽어 가는 것들에 대한 소중함 · 34

처음 일본 땅을 밟던 날 위에서 내려다본 작은 세상 · 42

일본어 한마디 못하던 내게 시간은 나의 편일 수 있다는 믿음 · 46

신발을 벗는 나라에서 배운 겸손 · 51

벚꽃 아래 사람들 하나미의 풍경 · 55

나의 첫 벚꽃 봄은 언제나 다시 온다 · 58

계절처럼 돌아오는 희망 살아 있음의 회복 · 61

봄이 내게 말해 준 것 다시 시작해도 괜찮아 · 64

그해, 야마가타 모노가타리 · 68

여름
뜨거운 생명력의 찬가

말이 트이지 않는 아이 다시 나를 일으켜 세우다 · 76

햇빛 아래서 자라는 아이 '돌봄'이라는 말의 무게 · 81

그림처럼 피어난 인연 그리고 오모이데 미술관 · 86

여관이라는 이름의 쉼터 치유의 물소리를 따라 · 90

삶의 마지막 장면을 아름답게 수놓는 무대 그림이 전하는 메시지 · 98

그림 앞에 멈춰 선 마음 예술은 사람을 비추는 거울이다 · 105

나메키 마사요시의 '아사쿠사' 그림이 품은 시대의 기억 · 111

무라카미 히데오의 '구단' 모성이 그려 낸 생명의 찬가 · 119

오모이데 미술관 각자 다른 그림, 같은 마음의 울림 · 129

여름 끝자락에서 마주한 현실 베토벤 피아노 협주곡 3번 · 135

죽음과 마주한 순간 삶이 말을 걸어오다 · 141

여름의 마지막 불꽃 모든 것을 태우고 가는 계절의 끝에서 · 147

가을
성숙한 지혜의 깊이

가을의 문턱에서 슬픔과 깨달음 사이 · 156

스가노 게이스케의 '가을' 마지막 빛으로 피어나는 계절 · 161

나는 누구인가 가을이 묻고 내가 답하다 · 167

단풍 속에 흐르던 시간 무르익음의 철학 · 172

엄마의 목소리가 가을바람처럼 중간만 걸어라 · 183

오래된 노래 한 곡 어느 가을날, 편지를 쓰듯이 · 188

내게 남은 시간의 빛깔 빈센트 반 고흐의 묘지에서 · 193

삶은 정답이 아니라 과정이었다 그 깨달음이 주는 평온함 속에서 · 202

누군가의 삶이 나를 일으켰다 · 208

잊지 못할 편지 한 통 · 213

오래된 거리에서 만난 기억 · 217

가을과 겨울 사이 시련이 가르쳐 준 진정한 가치 · 224

겨울
감사와 지혜의 시간

첫눈이 내리는 저녁 겨울의 첫 울림 · 232

차가운 공기와 따뜻한 호흡

숨을 쉴 때마다 피어나는 하얀 김이 주는 실존적 깨달음 · 240

나무들의 침묵 잎을 떨군 나무들이 보여 주는 진정한 본질 · 248

얼음 위를 걷는 마음 위태로움과 조심스러움 사이에서 · 254

짧은 낮과 긴 밤의 철학 어둠 속에서 찾는 내면의 빛 · 261

창문에 맺힌 서리꽃 자연이 그려 내는 신비로운 예술 작품 · 267

시간이 말을 걸어올 때 시간이 건네는 위로 · 276

눈 쌓인 길을 걸으며 겨울 바다를 걷다 · 280

얼어붙은 연못의 깊이 겨울의 지혜 · 289

조용한 용서 눈 내리는 날의 편지 · 296

겨울새들의 노래 다시 꿈을 꾼다는 것 · 301

눈 녹은 자리에 꽃이 피듯 미즈 바쇼 · 308

후기

삶의 모든 계절을 담아 · 314

봄

새로운 시작의 노래

벚꽃이 속삭인 깨달음
야마가타에서 맞이한 봄

야마가타(山形県)의 겨울은 생각보다 길었다.

한국에서 일본으로 건너온 첫해, 나는 이 낯선 땅의 추위가 얼마나 매서운지 몰랐다.

눈은 끊임없이 내렸고, 눈으로 덮인 하얀 세상은 마치 내 마음의 공허함을 그대로 비추는 거울 같았다.

두 딸을 한국에 두고 온 죄책감과 앞으로 어떻게 살아가야 할지 모르는 막막함이 겨울바람처럼 차갑게 가슴을 파고들었다.

일본어도 제대로 할 줄 모르는 내가 맞닥뜨린 야마가타의 겨울은 그야말로 혹독했다.

매일 밤, 작은방 안에서 두 딸의 얼굴을 떠올리며 눈물을 삼켜야 했다.

"언제까지 이 추위가 계속될까?"

창밖으로 쌓여가는 눈을 바라보며 수없이 중얼거렸다.

야마가타는 일본에서도 특히 눈이 많이 내리는 곳으로 유명하다는 사실을 알게 되었다.

그러나 그 긴 겨울이 있었기에, 봄의 소중함을 더욱 깊이 느낄 수 있었다.

드디어 기다리던 봄이 도래했다.

처음으로 맞이한 벚꽃은 그 기억이 평생 잊히지 않을 것이다.

야마가타의 벚꽃은 한국에서 보던 것과는 또 다른 매력이 있었다.

긴 겨울의 시련을 견디고 피어난 듯 그 꽃들은, 더욱 아름답고 생동감 넘쳤다.

햇살에 반짝이는 꽃잎을 바라보며, 나는 문득 깨달았다.

벚꽃도 추운 겨울을 견뎌 냈기에 이렇게 아름답게 필 수 있는 것이다.

내가 겪고 있는 이 어려움 또한, 언젠가는 아름다운 꽃으로 피어 날 수 있을 것이라는 희망을 발견했다.

"나도 저 벚꽃처럼……"

벚꽃나무 아래 서서 조용히 다짐했다.

나의 새로운 생활도 저 꽃들처럼 화사하게 피어나고, 두 딸에게 떳떳한 엄마가 되기를,

이 땅에서 뿌리를 내리고 당당하게 살아가기를.

그날부터 나는 새로운 일자리를 찾기 시작했다.

벚꽃이 주는 용기와 희망을 가슴에 품고, 하루하루를 새로운 마음으로 살아가기로 마음먹었다.

일본어 공부도 더욱 열심히 하여, 사람들과의 소통을 시도했다.

벚꽃은 아주 짧은 기간에 피고, 금방 사라지기에 그 아름다움은 오래도록 마음속에 남는다.

그 첫 번째 봄의 벚꽃이 내게 가르쳐 준 것은 단순한 희망이 아니었다.

그것은 '견디는 자에게 주어지는 선물'이라는 삶의 진리였다.

야마가타의 긴 겨울을 견뎌 낸 나에게,

벚꽃은 이렇게 속삭여 주었다.

"아직 시작일 뿐이야. 너의 진짜 꽃은 이제부터 피어날 거야."

그 속삭임을 믿고, 나는 새로운 하루를 향해 한 걸음씩 나아갔다. 벚꽃잎처럼 가볍지만 확실한 걸음으로.

오늘, 나는 아직 끝나지 않았다.

슬픔이 위안과 만나는 그 순간

야마가타의 저녁, 고요한 시간 속에 은은한 빛이 흐르고, 창밖으로는 소복이 쌓이는 눈꽃들이 마치 하얀 엘레지처럼 조용히 내려앉는다. 차가운 공기가 숨을 쉬며, 어슴푸레한 조명 아래에서 자연이 펼치는 순백의 향연이 마음을 따뜻하게 감싸 준다.

하얀 눈송이들이 천천히 떨어지는 모습을 보면서, 내 눈빛은 먼 과거로 깊이 스며든다.

마치 프란츠 주페의 경비병 서곡처럼 슬프지만 아름다운 선율이 마음속에서 흘러나왔다.

이제까지 살아온 인생을 돌이켜 보면, 모든 것이 상실의 연속이었다.

어린 나이에 엄마를 떠나보냈다.

신부전증으로 오랫동안 고생하시던 엄마는 "우리 딸, 꼭 사회에서 필요한 사람이 되어라"라는 말을 남기고, 어린 자식들을 두고 가시는 것이 한이 맺히셨는지 눈을 감지 못하고 가셨다.

세상에서 가장 안전한 울타리가 사라지는 것이었다.

처음 경험한 상실은 엄마를 잃은 것이었다. 그 상실의 무게는 가슴속에 영원히 남아 있다.

다시 돌아갈 수 없는 과거이기에, 그 고통은 기억의 단편처럼 남아 나의 매 순간을 불안정하게 만든다.

1980년 5월, 광주에서 대학을 다니며 민주주의를 외치던 동료들을 잃었다.

최루탄을 맞으면서 총성과 함께 하나둘씩 꽃잎처럼 사라져 간 그들…… 나는 살아남았다는 죄책감에 시달렸지만 그들과 함께 꿈꿀 수 있던 시간은 소중한 추억으로 가슴에 각인된다.

다시 한번 색다른 상실이 내 삶을 덮쳤다.

스무 살 후반에 한 결혼, 철없던 나의 선택은 이혼으로 이어졌다.

두 딸은 아빠와 함께 살게 되었고, 나는 홀로 남았다.

내 잘못으로 선택한 길이었지만 그 실패로 진정한 사랑과 가정의 소중함을 배웠다.

또 다른 상실을 겪으며 내 삶은 전혀 다른 방향으로 흘러갔다.

남들보다 2년 늦게 대학에 들어가 교육학을 전공하여 교육자가 되었지만 끝까지 교육자로서의 뜻을 이루지 못했다. 하지만 과거의 경험 덕분에 그러한 실패에도 감사함을 느낄 수 있었다.

이제는 실패에서 배운 진정한 가치를 발판으로 새롭게 나아갈 수 있다.

더 나은 미래를 아이들에게 만들어 주기 위해 일본으로 떠나며 "공부하러 간다"라는 거짓말을 했지만 야마가타 역에 홀로 서 있을 때 한국에 있는 두 딸이 그리웠다.

조국을 등지고, 아이들과 헤어지며 겪은 다섯 번째 상실의 아픔으로 인해 내 마음은 더욱 깊이 갈가리 찢겼다.

그런 슬픔 속에서도 나는 희망의 끈을 놓지 않으려 했다.

슬픔이 위안과 만나는 순간, 나는 내 안에 숨은 진정한 소중함을 깨달았다.

엄마를 잃은 슬픔은 '엄마가 있어서 행복했었다'는 위안이 되었다.

동료들을 잃은 슬픔은 '그들과 함께 민주주의를 꿈꿀 수 있었다'는 사실에서 위안을 찾았다.

그들의 열망과 희망이 내 안에 계속 살아 숨쉬고 있는 것이 그 때문이었으며, 그 기억은 나를 더욱 강하게 만들었다.

철없는 선택에서 비롯한 슬픔은 '진정한 사랑과 가정의 소중함, 그 가치를 배울 수 있는 기회'를 주었다. 실패를 딛고 일어서는 과정에서 나는 진정으로 중요한 것이 무엇인지 더 확실히 알 수 있었다. 사랑의 정의는 저 멀리 있는 것이 아니라 내 곁에 항상 있었음에 나는 가슴 깊이 감사한다.

아이들과 이별은 가장 큰 슬픔이었다. 그러한 슬픔 속에서 '이 모든 것이 아이들을 위한 것'이라는 위안을 발견했을 때 나의 마음은 조금씩 풀리기 시작했다. 그리움은 결코 사라지지 않겠지만 그 그리움이 나를 더욱 좋은 방향으로 이끌어 줄 열쇠라는 것을 깨달았다.

슬픔이 위안과 맞닿으면서, 나는 어느새 마음의 평화를 찾을 수 있었다.

상실이란 결코 헛된 것이 아니었다. 모든 상실에는 의미가 있었고, 모든 슬픔에는 위안이 숨어 있었다.

엄마가 가르쳐 주신 사랑하는 법.

동료들과 함께 꿈꾼 민주주의.

실패에서 배운 진정한 가치들.

교육자로서의 경험.

아이들에 대한 그리움.

그 모든 것이 지금의 나를 만들어 주었다.

슬픔과 위안이 맞닿은 이 마음 밭은 어느새 희망의 씨앗을 심어 줄 수 있는 공간이 되었다.

그 추웠던 그 겨울,

40대 초반의 나는 야마가타의 작은방에서 다시 꿈을 꾸었다.

새로운 사랑을 찾고, 새로운 희망을 향해 나아가는 꿈이었다.

눈송이가 계속 내리고 있었다.

하얀 눈이 쌓여 새로운 봄을 준비하듯이, 내 마음 깊은 곳에서도 새로운 계절이 오고 있었다.

슬픔이 위안과 맞닿은 이 순간, 나는 비로소 진정한 진정한 평화를 찾을 수 있었다.

이 평화는 영속하지 않을지 모르지만 최소한 현재의 나를 강하게 만들고 앞으로 나아갈 수 있는 힘을 주었다.

슬픔과 위안 그 두 가지 감정이 교차하며, 나는 더욱 풍부한 인생을 살아갈 수 있다는 것을 깨달았다.

그 과정을 통해 나는 사람과 사람 간의 연결이 얼마나 큰 의미를 지니는지를 깊게 이해하게 되었다.

상실이 없다면, 위안도 없을 것이다. 내면의 평화는 결국 다른 사람과의 관계로부터, 그 관계 속에서의 사랑으로부터 온다는 것을 깨달았다. 그리고 내가 소중하게 여기는 존재들을 위해 끊임없이 나아가는 것이야말로 인생의 진정한 의미가 아닐까.

그 모든 여정 속에서 나는 다시 한번 평화와 희망을 찾을 수 있었다.

홀로 선 나무처럼
그리움 속에서 살아가는 삶

야마가타의 아침, 창밖으로 홀로 서 있는 벚나무 한 그루가 보인다.

봄이 지나고 여름이 와도, 가을이 오고 겨울이 와도 그 자리에 서 있는 나무.

사계절을 혼자 견뎌 내며 묵묵히 자리를 지키고 있다.

나는 생각했다.

나도 저 나무와 같이 홀로 서서 그리움을 견디며 살아가고 있구나, 하고……

그리움은 나의 뿌리가 되었다.

한국에 두고 온 두 딸들에 대한 그리움,

신부전증으로 떠나신 엄마에 대한 그리움,

광주에서 잃은 동료들에 대한 그리움,

젊은 시절 꿈꾸었던 교실에 대한 그리움.

처음에는 그리움이 고통이었다.

밤마다 눈물로 베개를 적셨고, 한국 음식 냄새만 맡아도 가슴
이 저려 왔다.

어떤 때에는 아이들의 목소리가 들리는 것 같아서 뒤돌아보
곤 했다.

하지만 시간이 지나면서 깨달았다.

그리움은 단순한 고통이 아니었다.

그것은 사랑의 다른 이름이었고, 기억의 다른 형태였다.

내가 그리워하는 모든 것이 여전히 내 안에 살아 있다는 증거
였다.

혼자 서 있는 벚나무가 바람에 흔들리면서도 쓰러지지 않는
것처럼, 나도 외로움과 그리움에 흔들리면서도 견디고 있었다.

뿌리가 깊기 때문이다. 사랑했던 기억들이, 함께 했던 시간들
이 내 뿌리가 되어 나를 지탱해 주었던 것이다.

그리움 속에서 살아가다 보니 알게 된 것이 있다. 그리움은
거리와 시간을 초월한다는 것.

한국과 일본의 물리적 거리가 아무리 멀어도, 엄마가 떠나신

지 40년이 넘었어도, 그 사람들은 여전히 내 마음속에 생생하게 살아 있다.

그리움은 사랑을 순화시킨다.

함께 있을 때에는 보이지 않았던 소중함이 떨어져 있을 때 비로소 선명해진다.

일상의 작은 다툼들은 사라지고, 오직 사랑만이 남는다.

더불어 그리움은 성장의 동력이 된다.

보고 싶은 사람들에게 떳떳한 모습으로 돌아가고 싶어서, 더 나은 사람이 되려고 노력하게 된다.

성공이란, 내가 원하는 사람을 내가 만나고 싶을 때 언제나 만날 수 있는 것이다.

이와 같은 분투의 연속에서 나 스스로가 그리움을 넘어서는 방법을 배우게 되었다.

봄이 오면 홀로 선 나무도 꽃을 피운다.

나 역시 그리움이라는 뿌리를 바탕으로 키워 가며, 비로소 나의 삶에서도 새로운 계절을 맞이할 수 있다.

그리움은 외롭게 나를 가둔 것이 아니라 오히려 내 삶을 더욱 풍요롭게 만들어 주는 원천이었음을 깨달은 것이다.

이 나무의 꽃이 만개하듯 나도 언젠가 이 그리움을 통해 꽃을 피울 준비를 하고 있다.

인생이라는 긴 여정에서 우리는 모두 각자의 그리움을 안고 걸어가고 있다.

때로는 그리움이 외로움으로 느껴지지만 동시에 그것은 강한 사랑의 증거이기도 하다.

그래서 오늘도 혼자 서 있는 나무처럼, 나는 나의 그리움을 안고 그 자리에서 묵묵히, 하지만 자유롭게 살아가고 있다.

야마가타에서의 첫 번째 봄, 창밖의 벚나무가 분홍빛 꽃을 가득 피웠다. 혼자 피는 꽃이지만 그 아름다움은 뭇사람의 마음을 사로잡았다.

나도 그렇다. 혼자 있지만 혼자가 아니다. 내가 품고 있는 그리움들이 꽃이 되어 피어난다.

엄마에 대한 그리움은 더 따뜻한 마음이 되고, 아이들에 대한 그리움은 더 깊은 사랑이 되며, 동료들에 대한 그리움은 더 확고한 신념이 되었다.

여름이 오면 나무는 푸른 잎을 무성하게 키운다.

또 뜨거운 햇볕을 견디면서도 그늘을 만들어 다른 이들에게 쉼을 제공한다.

나는 다짐했다.

나도 일본에서의 힘든 시간을 견디며, 같은 처지의 사람들에게 작은 위로가 될 수 있기를.

내 마음속에 있는 그리움을 통해 타인을 감싸 줄 수 있다는 것을 바라본다.

가을이 오면 나무는 열매를 맺는다.

혼자 서 있던 시간들이 결실이 되어 돌아오는 것이다.

나 역시 이 그리움의 시간들이 언젠가는 의미 있는 결실을 맺을 것이라고 믿는다.

기다림 속에서 끊임없이 성장할 것이라 확신한다.

겨울이 와도 나무는 쓰러지지 않는다.

잎을 모두 떨어뜨리고 앙상한 가지만 남아도, 뿌리는 여전히 땅속 깊이 박혀 있다.

나도 외로운 겨울을 견딘다.

그리움이라는 뿌리가 있기 때문이다.

그리움은 인간만이 가질 수 있는 특별한 감정이다.

동물들은 이별의 슬픔을 느낄 수는 있어도 그리움이라는 복잡하고 깊이 있는 감정은 갖지 못한다.

그리움은 기억과 상상력 그리고 사랑이 만나는 지점에서 탄생한다.

그것은 시간을 거슬러 올라가게 하고, 공간을 초월하게 한다.

과거의 아름다운 순간들을 현재로 불러오고, 멀리 있는 사람들을 마음속에 생생하게 재현시킨다.

그리움은 또한 미래를 향한 원동력이기도 하다.

다시 만날 날을 꿈꾸며, 그날을 위해 오늘을 살아간다.

그리움이 없다면 희망도 없다는 믿음으로.

야마가타에서 보낸 시간들이 내게 가르쳐 준 것이 있다.

바로 홀로 서는 법이다.

홀로 선다는 것은 외롭다고 해서 쓰러지는 것이 아니다.

오히려 자신의 뿌리를 더 깊이 내리는 것이다.

다른 사람에게 기대지 않고도 스스로를 지탱할 수 있는 힘을 기르는 것이다.

홀로 선다는 것은 고립되는 것이 아니다. 오히려 더 많은 것과 연결되는 것이다.

바람과 햇빛과 비와 눈 그리고 같은 하늘을 보고 있는 모든 존재와 연결되는 것이다.

홀로 선다는 것은 포기하는 것이 아니다. 오히려 더 강해지는 것이다.

폭풍이 와도 쓰러지지 않는 나무처럼, 어떤 시련이 와도 견딜 수 있는 내면의 힘을 기르는 것이다.

그리움 속에서 찾은 평화, 이제는 그리움이 고통이 아니라 위안이 되었다.

아이들을 그리워할 때 그 그리움 자체가 아이들과 나를 연결하는 끈이라는 것을 안다.

거리가 아무리 멀어도, 시간이 아무리 흘러도, 이 그리움이 있는 한 우리는 연결되어 있다.

엄마를 그리워할 때 엄마가 내게 물려주신 사랑이 여전히 내 안에서 살아 숨 쉬고 있다는 것을 느낀다.

엄마는 세상을 떠나셨지만 엄마의 사랑은 내 안에서 영원히 존재한다.

동료들을 그리워할 때 그들이 꿈꾸었던 세상이 조금씩 현실이 되고 있다는 것을 느낀다.

그들의 희생이 헛되지 않았다는 것을, 그들의 꿈이 지금도 계속되고 있다는 것을, 그리움 속에서도 찾을 수 있는 희망이 있다.

지금 이 순간에도 그리움은 나를 지탱해 주는 뿌리가 되어 내 삶의 꽃을 피우고 있다.

홀로 서 있는 나무는 많은 것을 준다.

봄에는 꽃으로 사람들의 마음을 기쁘게 하고, 여름에는 그늘로 시원함을 선사하며, 가을에는 열매로 생명을 나누어 준다.

겨울에는 강인한 모습으로 희망을 보여 준다.

나도 그런 나무가 되고 싶다.

홀로 서 있지만 많은 것을 나누어 주는 존재가 되고 싶다.

내 그리움이 누군가에게는 위로가 되고,

내 경험이 누군가에게는 희망이 되고,

내 이야기가 누군가에게는 용기가 되었으면 좋겠다.

그리움 속에서 살아간다는 것은 과거에 머물러 있는 것이 아니다. 오히려 과거와 현재와 미래를 모두 품고 살아가는 것이다.

그리움은 과거의 소중한 기억들을 현재로 불러와 내 삶을 풍요롭게 한다.

그리고 그 그리움이 미래에 대한 희망으로 이어진다.

다시 만날 날을, 다시 함께 할 날을 꿈꾸게 하는 것이다.

그리움 속에서 살아가는 삶은 깊이가 있다.

표면적인 행복과 슬픔을 넘어서, 인생의 본질적인 의미를 탐구하게 한다.

무엇이 정말 소중한지, 무엇을 위해 살아야 하는지 깨닫게
한다.

야마가타의 저녁, 창밖의 벚나무가 석양을 받아 빛나고 있다.
홀로 서 있지만 외롭지 않은 나무.
그 나무처럼 나도 그리움을 품고 살아간다.
그리움이 있기에 사랑이 계속되고,
그리움이 있기에 희망이 지속된다.
홀로 서 있지만 혼자가 아닌 삶. 그것이 바로 그리움 속에서
살아가는 삶의 진정한 의미인 것 같다.
내일 아침에도 그 나무는 그 자리에 서 있을 것이다.
나도 그 나무처럼, 오늘을 견디고 내일을 맞이할 것이다.
그리움을 품고, 사랑을 간직하며.

내가 나누고자 하는 것들이 결국은 나를 좀 더 나은 사람으로
만들어 줄 것이라는 믿음이 있다. 그리움은 고통이 아닌 희망과
사랑의 원천이라는 사실을 깨닫는 그 순간, 나는 더욱 강해질 것
이다.
벚나무가 계절을 거쳐 피고 지듯이, 나의 삶 또한 그리움 속에
서 성장할 것이다.
그리움은 내게 단순한 감정이 아니라 살아가는 동안 함께 할

나의 친구이자, 나를 더욱 빛나게 해 줄 소중한 이유가 되었다.

이제 나는 홀로 서 있는 나무가 보여 주는 지혜를 받아들이며, 과거의 사랑과 추억을 간직하고, 현재를 아끼며 살면서 미래의 희망을 더욱 키워 가고자 한다.

이 모든 것이 고스란히 나의 삶을 이루고 있으며, 그래서 나는 그리움 속에서도 더욱 빛나는 존재가 되어 가고 있다.

봄비가 내리던 날
죽어 가는 것들에 대한 소중함

야마가타에 봄비가 내린다.

창밖으로 보이는 벚꽃들이 빗방울에 젖어 하나둘씩 떨어지고 있다.

며칠 전까지만 해도 만개했던 벚꽃들. 그 찬란한 아름다움이 영원할 것만 같았는데, 이제 꽃잎들이 땅에 떨어져 분홍빛 융단을 만들고 있다.

그때 문득 깨달았다.

영원한 것을 사랑하는 것은 어린아이의 사랑이고, 성숙한 사랑은 죽어 가는 것을 사랑하는 것임을.

어린 시절, 나는 영원한 것들만 사랑했다.

하늘의 별들, 높은 산들, 깊은 바다.

변하지 않을 것 같은 것들에게서 안정감을 찾았다.

엄마의 사랑도, 가족도, 우정도 모두 영원할 거라고 믿었다.

"우리 영원히 친구 하자."

"사랑해, 영원히."

"가족은 평생 함께야."

그런 말들을 주고받으며 영원을 약속했다.

변하지 않는 것들만이 진짜 가치 있다고 생각했다.

하지만 시간이 흐르면서 알게 되었다.

세상에 영원한 것은 없다는 것을.

가장 사랑했던 것들이 하나둘씩 사라져 간다는 것을.

영원할 거라 믿었던 엄마의 사랑, 엄마의 목소리.

모든 것이 고통 속에서 눈을 감기 전에 사라져 버렸다.

광주에서 함께 꿈꾸던 동료들도 떠났다.

정의로운 나라, 민주주의를 외치던 그들의 목소리가 총성과 함께 침묵 속으로 사라졌다.

우리가 함께 그렸던 미래도, 함께 나누던 이상 또한 사라져 버렸다.

결혼할 때는 정말 영원할 줄 알았다.

'죽음이 우리를 갈라놓을 때까지'라고 맹세했지만 죽음보다 먼저 사랑이 죽어 갔다.

영원하다고 믿었던 가정이 무너지고, 아이들과도 떨어져 살게 되었다.

교육자로서의 꿈도 마찬가지였다.

'평생 아이들을 가르치겠다'던 다짐이, 현실의 무게 앞에서 조금씩 시들어 갔다.

교단에 서는 시간보다 생계를 위해 다른 일을 하는 시간이 더 많아졌다.

그러던 중 웅장한 벚꽃을 보며 나는 새로운 깨달음을 얻게 되었다.

죽어 가는 것들에 진짜 아름다움이 있다는 것이다.

벚꽃이 아름다운 이유는 피어 있는 시간이 짧기 때문이다.

만약 벚꽃이 1년 내내 피어 있다면, 우리는 그 아름다움에 감동하지 않을 것이다.

곧 떨어져 없어져 버릴 것을 알기에 더욱 간절히 바라보게 된다.

석양이 아름다운 이유도 마찬가지다.

곧 어둠이 올 것을 알기에, 그 아름다운 마지막 빛이 더욱 소중하게 느껴진다.

사람도 그렇다.

영원히 함께 살 것 같던 엄마가 병상에 누워 있을 때 그제야 진짜 소중함을 알았다.

평범했던 일상의 대화들이, 함께 먹던 밥 한 끼가, 매 순간순간들이 무엇보다도 소중했다.

성숙한 사랑이 무엇인가를 깨달은 나는 이제 다르게 사랑한다.

영원하지 않기 때문에 더욱 소중히 여긴다.

언젠가는 끝날 것을 알기에 더욱 간절히 품는다.

야마가타에서 만난 일본인 할머니가 있었다.

여든이 넘은 작은 체구의 할머니.

매일 아침 공원을 산책하시는데, 어느 날 함께 걷게 되었다.

할머니는 일본어로 이런저런 이야기를 해 주셨다.

나는 절반도 알아듣지 못했지만 할머니의 따뜻한 미소와 다정한 말투가 좋았다.

그런데 어느 날부터 할머니가 보이지 않았다.

나중에 알고 보니 병원에 입원하셨다고 들었다.

그때 깨달았다.

그 짧은 만남이 얼마나 소중했는지.

할머니와의 대화가 영원히 계속될 거라고 생각하지는 않았다.

오히려 언젠가는 끝날 것을 알고 있었기에 매 순간이 더욱 특별했다.

죽어 가는 것들을 사랑한다는 것은 슬픈 일만은 아니다.

그것은 현재에 충실하게 사는 것이다.

영원할 거라는 착각에 빠져 소홀하지 않고, 지금 이 순간을 온전히 느끼는 것이다.

벚꽃이 떨어지는 것을 보며 슬퍼하기보다는, 떨어지는 꽃잎 하나하나의 아름다움을 느낀다.

바람에 날리는 분홍빛 꽃잎들이 만들어 내는 장관을 가슴에 새긴다.

엄마가 돌아가신 지 오래되었지만 여전히 엄마를 사랑한다.

이제는 영원히 함께 하지 못한다는 슬픔보다는, 그 짧은 시간 동안 엄마와 함께 할 수 있었던 행복에 감사한다.

먼저 간 동료들도 마찬가지다.

그들이 더 이상 이 세상에 없다는 것이 슬프지만

그들과 함께 꿈꿀 수 있었던 그 시간들은 영원히 내 마음속에 살아 있다.

내가 잃어버렸다고 생각한 소중한 것들도 마찬가지이리라.

그들은 사라진 것이 아니라

내가 다른 사람을 사랑하는 방식으로,

또는 내가 정의로운 삶을 살려고 노력하는 힘이 되어 다른 형태로 내 안에서 계속 살아 있다.

일본어에 '모노노 아와레(物の哀れ)'라는 말이 있다.

사물의 덧없음에서 느끼는 아름다움과 슬픔을 의미한다.

벚꽃이 피고 지는 것, 사람이 태어나고 죽는 것.

모든 것이 덧없지만 바로 그 덧없음 때문에 아름답다.

만약 벚꽃이 지지 않고 영원히 핀다면, 사람이 죽지 않고 영원히 산다면, 세상은 어떨까?

아마도 지금처럼 아름답게 느껴지지 않을 것이다.

덧없기 때문에 소중하고, 잠깐이기 때문에 간절하다.

죽어 가는 것들을 사랑한다는 것은 이런 덧없음의 아름다움을 받아들이는 것이다.

야마가타에서의 생활도 영원하지 않을 것이다.

언젠가는 한국으로 돌아갈 날이 올 것이고, 이곳에서의 일들은 추억이 될 것이다.

지금 바라보고 있는 이 벚나무도, 매일 지나다니는 이 길도,

모든 것이 언젠가는 그리움의 대상이 될 것이다.

영원하지 않다는 것을 알기에 지금 이 순간을 더욱 깊이 느끼고 간직하려 한다.

봄비가 그치고 햇살이 비친다.
젖은 땅 위에 떨어진 벚꽃 잎들이 반짝반짝 빛난다.
죽어 가는 것들에게 감사한다.
그것들이 있었기에 진짜 사랑이 무엇인지 배울 수 있었다.
영원하다고 믿었던 것들이 사라져 갔기에, 지금 가진 것들의 소중함을 안다.
언젠가는 잃을 것을 알기에 더욱 간절히 사랑한다.

성숙한 사랑은 이런 것이다.
영원을 약속하지 않지만 현재를 온전히 사랑하는 것,
죽어 가는 것들의 아름다움을 받아들이고,
그 덧없음 속에서 진짜 의미를 찾는 것.

봄비 내리는 야마가타에서 나는 또 하나의 사랑을 배웠다.
떨어지는 벚꽃 잎처럼 아름답고 슬픈, 죽어 가는 것들에 대한 소중함을 느꼈다.
모든 것은 다 소멸한다. 이 사실은 슬프지만 동시에 삶의 깊이와 의미를 더해 준다.

우리가 사랑했던 것들, 함께 했던 순간들은 어느 날 사라질 것이지만 그 덧없음이 주는 가치는 언제나 우리의 마음에 살아 있다.

지금 이 순간, 반짝이는 벚꽃 잎들을 바라보며 나는 그 아름다움 속에서 삶을 느끼고, 사랑을 경험한다.

각 생명이 끝나는 그 자리에서 더욱 빛나는 진실을 찾고 있는 것이다. 이 모든 경험이 나에게 주는 감동은, 죽어 가는 것들 덕분이다.

그리움이 만들어 내는 사랑의 색깔이 나의 인생을 더욱 풍성하게 한다.

처음 일본 땅을 밟던 날
위에서 내려다본 작은 세상

일본으로 향하는 날, 공항에서 마지막으로 고개를 돌려 한국의 하늘을 바라보았던 그 순간을 나는 아직도 기억한다.

비행기는 내가 아닌 누군가의 인생처럼 멀뚱히 나를 데려갔다.

마흔이 넘은 나이, 두 아이를 뒤에 두고, 나는 일본이라는 낯선 나라로 도망치듯 떠나 왔다.

긴장으로 마른 입술, 배는 고픈데 아무것도 넘어가지 않던 기내식.

옆자리에 앉은 일본 사람의 말은 한마디도 알아들을 수 없었다.

비행기 창밖은 여전히 하늘이었지만 나는 이미 땅을 잃은 사람처럼 느껴졌다.

비행기 안에서 내려다본 하늘 아래 세상은 한 손에 잡힐 듯 작아 보였다.

내가 조금 전까지도 발붙이고 있던 세상이었지만 전혀 다른 세상으로 느껴졌다.

그토록 미미한 세계 속에서 나는 하루하루를 지지고 볶으며 살아왔던가!

내가 있었던 위치에서 조금만 더 올라와 보면 세상이 이렇게 달라 보이는 것을.

수없이 등장하고 사라졌던 문명들, 세상을 호령했던 영웅들의 이야기가 무의미한,

저절로 작아지는 우주적 시선 앞에서 '인간이란 무엇인가' 잠시 생각에 잠겼다.

무심히 지나쳤던 작은 꽃 한 송이에도 기묘한 생존 방식이 있었다.

때가 되면 꽃을 피우고, 또다시 때가 되면 꽃이 지고……

개미를 보더라도 그들 역시 질서와 역할이 있다.

그들보다 우리가 우월하다는 생각은 인간의 기준이 아닐까?

이 땅의 생명들이 모두 '생존'과 '번식'을 목적 삼고 살아간다면,

인간이 특별하다고 말할 수 있는 확실한 근거가 있는가?

현미경으로나 볼 수 있는 바이러스, 푸른 바다를 맘껏 누비고 다니는 고래,

우리가 사는 지구마저 우주적 관점에선 그저 하나의 점일 뿐이다.

나리타 공항에 내렸을 때 공기가 달랐다.

사실은 크게 다르지 않았을 텐데 그날의 나는 모든 게 다 낯설고 두려웠다.

간판도, 사람들의 표정도, 심지어 바닥의 타일까지도.

짐을 끌고 나온 입국장.

한국말이 하나도 들리지 않던 그 공간에서 나는 외국인이라는 정체성을 처음 온몸으로 느꼈다.

"이 길이 맞는 걸까?"

"도대체 내가 여기서 뭘 할 수 있을까?"

스스로에게 물으며 혼잣말로 가득한 하루를 보냈다. 숙소로 가는 전철 안에서, 창밖의 풍경은 일본 드라마에서 보던 그대로의 이미지인데, 그 속에 있는 내가 너무도 어색했다.

그렇게 나는 '살기 위해 떠난' 사람이었고 '죽지 않기 위해 도착한' 사람이었다.

처음 일본 땅을 밟던 그날의 나는 '시작'이라는 단어가 아닌 '끝'이라는 말에 가까웠다.

모든 것을 내려놓고, 그냥 살아보고 싶었던 마음뿐이었다.

하지만 아이러니하게도 그 '끝' 같은 날이 내 삶의 두 번째 봄, 그 시작이 될 줄은 몰랐다.

길을 잃은 사람이었지만 결국 길 위에 있었던 거였다.

이제 돌이켜 보면 그 두려움의 발걸음 하나하나가 지금의 나를 만들었다.

이 부딪침 속에서 나는 나를 발견하고, 새로운 시작을 준비하는 방법을 배웠다.

인간이란 존재는 복잡하고 뭇 생명체 속에서 그저 일부일 뿐이라는 진실을 받아들이면서, 나는 스스로의 존재 의미를 찾아 나아가고 있었다.

그리하여 어쩌면 두려움이 나를 강하게 만든 부분인지도 모른다. 지금의 나는, 그때의 나와는 또 다른 모습으로 서 있다.

일본어 한마디 못하던 내게
시간은 나의 편일 수 있다는 믿음

나는 일본어를 한마디도 하지 못하는 채로 일본에 왔다. 인사말 한마디조차 입에 걸리듯 어색했고, 말이 아닌 몸짓으로 세상을 설명해야 했다. 사람들 사이에서 무언의 투명 인간처럼 존재했고, 대화가 오가는 자리에서는 늘 웃는 얼굴 뒤로 나만 소외된 느낌에 작아지곤 했다.

가게에 가면 계산도 서툴고, 버스를 타면 목적지를 말하지 못해 허둥거렸고, 그럴 때마다 나는 내가 무능력한 사람이 되어 버린 듯한 착각에 빠졌다. 하지만 진짜 아픈 건 내가 '무능력해서'가 아니라 '말이 안 통해서' 아무리 진심을 전해도 닿지 않을 때였다.

그 막막한 길을 걸을 때 나는 나에게 물었다.

‘시간은 과연 누구의 편인가.’

처음 일본에 왔을 때 나는 살 곳도, 일자리도 없었다.

내게 주어진 선택지는 많지 않았고, 그중 하나가 ‘아카스리(ア
カスリ)’, 즉 온천에서의 때밀이가 나의 일이었다.

솔직히 말하면, 그 일이 얼마나 고된지조차 모르고 시작했다.

그저 먹고 자는 것이 해결된다는 말 한마디에 나는 아카스리
를 하기로 결정했다.

온천의 구석진 탈의실, 작은 직원 휴게실, 좁은 이층 침대에서
잠들던 밤.

그것이 일본 생활의 시작이었다.

아카스리는 기술이 필요했다.

피부의 묵은 각질을 벗겨 내는 일은, 단순히 때를 미는 것이
아니라 사람의 몸과 마음을 함께 만지는 일이었다.

몸을 맡긴 이들의 신음, 한숨, 미묘한 긴장.

그 모든 것을 손끝으로 느끼면서 나는 점점 이 일이 단순한
‘노동’이 아니라 관계이고, 신뢰이며, ‘존재’라는 것을 배웠다.

온천에서 때밀이 일을 한다는 것은 누군가에겐 수치일 수 있
었지만 나에겐 생존이었고 동시에 회복이었다.

처음 일을 배울 때는 타인의 시선이 무서웠다.

낯선 일본인의 몸을 만지는 일이 꺼려지기도 했다.

하지만 언제부턴가 그들이 나를 '손님 대하는 사람'이 아니라 '고마운 사람'으로 바라봐 주기 시작했고 '센세이(せんせい, 선생님)'라고 불러 주었다. 나도 내 일을 다르게 보게 되고, 일에 대한 자긍심을 갖게 되었다.

나는 이 손으로 먹고살았고,

이 손으로 누군가를 위로했고,

이 손으로 내 삶을 지켜 냈다.

온천이라는 곳은 사람들이 옷을 벗고 가장 무방비한 상태로 있는 공간이다.

그리고 그 안에서 나도 나를 조금씩 벗겨 냈다.

무너졌던 자존감.

고국에 두고 온 딸들에 대한 죄책감.

아무에게도 말 못 한 두려움까지……

나는 타인의 등을 밀며, 내 속에 묻어 두었던 상처들을 함께 밀어냈다.

그리고 그날 이후로, 나는 더 이상 '도망 온 사람'이 아니라 '여기서 살아가는 사람'이 되었다.

모든 걸 포기하고 돌아가도 그 누구도 나를 탓하지 않겠지만 그래도 나는 돌아가지 않았다.

하루에 단어 하나라도 외우고, 손님에게 말 한마디라도 더 걸어 보려고 했다.

마침내 일본어가 조금씩 내 입에 익어 가기 시작했다.

시간이 지나고 사람들과 말이 통하기 시작했다.

함께 웃고, 함께 눈물이 오가는 순간에 내가 속해 있다는 사실이 나를 얼마나 살게 했는지 모른다.

지금도 나는 능숙하게 말하진 못하지만 나는 안다. 갈수록 희망인 사람과 갈수록 소망인 사람이 있다면, 나는 후자가 되지 않기 위해 노력했다는 것을. 내가 나에게 진실했고, 간절했기에, 또 그것이 사랑이었기에 시간은 내 편이 되어 주었다.

말이 안 통하던 계절은 내 안의 봄을 기다리게 해 주었고, 나는 결국 기다림을 품은 사람으로 성숙되어 갔다.

겨울 속에 이미 봄은 오고 있었고, 내 안에 품은 꽃눈은 어느새 트이기 시작했고, 내 앞에 희망의 날들은 하루하루 서로 마주하며 걸어오고 있었다.

이 모든 과정을 통해 나는 단순히 일본어를 배우는 것이 아니라 새로운 삶의 가치를 깨닫고, 나 자신을 한층 더 깊이 이해하게 되었다.

차갑고 추운 겨울을 지나면서 나는 나의 존재 의미를 찾았고, 이제는 내가 선택한 길에서 더 나은 내가 되기 위해 다짐하고 있다.

숨 가쁘게 지나치는 하루하루 속에서도, 나는 소소한 기쁨을 찾으며 앞으로 나아가고 있다.

'여기서 살아가는 사람'이라는 새로운 정체성을 스스로에게 부여하며 나는 계속해서 이 길을 걸어갈 것이다.

신발을 벗는 나라에서 배운 겸손

일본에 와서 낯설었던 것 중 하나는 어디를 가도 신발을 벗는 문화였다.

가정집은 물론이고, 여관, 병원, 때로는 식당이나 학교까지…

문턱 앞에서 신발을 벗고 들어간다는 것은 그 공간을 존중한 다는 태도라는 걸 나중에서야 알았다.

바깥의 먼지를 벗고 안으로 들어가는 태도, 그 작은 예절이 내 게는 하나의 철학처럼 다가왔다.

신발을 벗는다는 건 그저 위생의 문제가 아니었다. 그건 '들어 간다'는 의미였다.

누군가의 공간에, 마음에, 삶의 테두리에 조심스럽게 들어가 는 마음이었다.

신발을 벗으면, 자세가 달라진다.

몸이 낮아지고, 마음이 조심스러워진다.

무심코 드나들던 공간이 아니라 '들어가는' 마음이 생기고, 누군가의 삶 속에 들어서는 일이라는 걸 실감하게 된다.

나는 그 작은 문화에서 '겸손'이라는 감정을 처음 배웠다.

겸손은 '나를 낮춘다'는 의미가 아니라 '상대를 높이 본다'는 태도였다.

처음엔 '이 나라 사람들은 왜 이렇게 지나치게 예의를 차릴까' 하고 생각했다.

불편하게 느껴졌던 말투와 절도, 그 속에 담긴 존중과 배려를 시간이 지나자 볼 수 있었다.

손님에게 허리를 굽히고, 식사 후엔 "고생하셨습니다"라고 인사하는 일상이 내겐 처음에는 어색하고 낯설었지만 그건 그들이 사람을 위아래로 나누는 것이 아니라 서로를 대하는 방법을 잘 알고 있기 때문이라는 걸 깨달았다.

한국에서의 나는, 때론 억세게 살아야 했고, 때론 큰 소리를 내야만 존재를 인정받았다.

그러나 여기서는, 조용히 예의를 지키는 사람에게 신뢰와 존중이 돌아왔다.

그리고 나는 배웠다.

　살아남는 것만이 중요한 것이 아니라 어떻게 살아가는지가
더 중요하다는 것을.

　신발을 벗고 들어서는 생활,

　다른 이의 자리 앞에서 잠시 멈추는 마음,

　말보다 태도로 전해지는 온도.

　그 모든 것이 이 나라가 나에게 가르쳐 준 겸손이었다.

　그리고 그 겸손이 내 삶의 무게를 조금 더 가볍게 만들어 주
었다.

　나는 그 조심스러움을 따라 배웠다.

　말을 몰라도 눈을 마주치고, 고개를 숙이고 조용히 인사하
는 일.

　자신을 내세우기보다 상대방의 자리를 먼저 생각하는 문화.

　나는 그 문화를 불편해하며 시작했지만 점점 그것이 나를 지
켜 주는 울타리라는 것을 알게 되었다.

　한국에서는 늘 소리를 높여야만 존재가 확인된다고 믿는 삶
을 살아왔다.

　그런데 일본에서는 말을 줄이고, 고개를 낮추고, 미소만 지어
도 누군가는 나를 이해하려 했다.

　내가 할 수 있는 말보다 더 많은 배려가 침묵 속에 머물고 있
었다.

신발을 벗고 들어가는 삶은 서로를 무장 해제시키는 방식이었다.

그 속에서 나는 스스로를 낮추는 것이 결코 초라함이 아니라는 것을 배웠다.

그것은 누군가의 인생이 성숙해지는 방식이었다. 이 작은 행동이 내 삶에 위안과 평화를 가져다주었고, 나를 더욱 깊고 풍요로운 사람으로 만들어 준 것 같다. 이 경험을 통해 배운 겸손은 앞으로의 나의 삶에서도 소중한 가치로 남을 것이다.

벚꽃 아래 사람들

하나미의 풍경

일본 사람들은 매년 봄, 벚꽃 아래에서 봄을 만끽하고 즐긴다.

벚꽃이 만개하는 계절이 되면 공원도, 강변도, 심지어 동네의 작은 길목에까지 돗자리를 편다. 나무 밑이 사람들로 가득해진다.

나는 그 광경을 처음 보았을 때 조금 의아했다.

꽃을 보기 위해 굳이 너도나도 자리를 펴고 앉아서 도시락을 먹고, 술을 마시고, 노래를 부르며 밤을 지새우는 모습이 어쩐지 너무 여유로워 보였기 때문이다.

그 무렵, 나는 그런 여유와는 한참 거리가 있는 삶을 살고 있었다.

쉴 틈 없이 일하며 마음에 작은 틈조차 허락하지 못했다.

그래서인지 사람들이 벚꽃 아래 앉아 있는 풍경이 처음에는 부러움보다 낯섦으로 다가왔다.

그들은 기다린다.

눈이 녹고, 기온이 오르고, 매화가 피고, 마침내 벚꽃이 피는 그 순간을.

그 벚꽃이 만개하는 찰나의 며칠을 위해서 사람들은 계획을 세우고, 도시락을 싸고, 자리를 잡는다.

모두가 앉아 '기다림'을 축하하는 듯한 풍경이다.

벚꽃은 오래 피지 않는다.

활짝 핀 듯싶으면 금세 흩날리고, 며칠 지나면 초록 잎이 올라온다.

그래서 더 소중하다.

'영원하지 않기에, 지금 이 순간을 더욱 깊이 살아 낸다'는 철학이 벚꽃을 통해 일본인의 일상에 스며 있다.

그걸 알게 된 건 내가 처음 돗자리를 펴고 벚꽃 아래 자리를 잡은 날이었다.

친구가 싸 온 도시락을 앞에 두고 나는 어색하게 앉아 있었다.

햇살은 부드럽고, 벚꽃은 바람에 흩날리고, 주변엔 웃음소리와 조용한 음악이 들려왔다.

그제야 비로소 나는 알았다.

하나미(花見)는 꽃을 보는 행사가 아니라 '살아 있음을 기념하는 축제'라는 것을.

겨울을 버텨 낸 몸, 서로에게 다시 봄이 되어 주는 사람들 그리고 그 모든 순간을 기억하려는 마음.

벚꽃 아래 앉는다는 건 그냥 꽃이 예뻐서가 아니라 삶이, 지금 이대로도 아름답다고 인정하는 시간이다.

그날 이후 나는 매년 벚꽃이 피면 잠시라도 하늘을 올려다보았다. 그리고 내 안에서도 아주 작은 변화가 시작되었다.

"살아 있는 지금, 이 순간을 깊이 들이마시자. 왜냐하면 이 순간은 다시 오지 않으니까."

벚꽃 아래의 그 순간들이 나에게 주는 의미는 그 어느 것보다도 귀중했다.

삶의 소중함과 사람들과의 연결 그리고 일상의 작은 기쁨들을 새롭게 인식하게 되었다.

이제 나도 그들처럼 벚꽃 아래에서 행복을 찾으며 삶을 즐길 수 있게 되었다.

나의 첫 벚꽃
봄은 언제나 다시 온다

벚꽃은 나에게 늦게 왔다.

한국에 살던 시절엔 벚꽃이 피었는지조차 느끼지 못한 해가 많았다. 봄은 그냥 추위가 끝난 다음의 계절일 뿐이었다.

하지만 일본에서 처음 맞은 진짜 봄, 처음으로 내 마음속으로 들어온 그 봄은 벚꽃이었다.

그날, 나는 길을 걷다가 우연히 강가에서 벚꽃나무를 만났다. 생각보다 그리 화려하지도 않았고, 생각보다 그리 크지도 않았지만 나는 멈춰 섰고, 그 자리에서 오래 서 있었다. 왜인지 눈물이 났다. 마치 "살아 줘서 고마워요"라고 나무가 말해 주는 것만 같았다.

나는 그 벚꽃을 오래도록 올려다보며, 지난날을 조용히 되짚었다.

무작정 일본에 건너 왔던 날, 언어도 통하지 않았던 밤들, 몸이 부서지도록 일했던 계절들……

그리고 지금, 나는 여전히 완벽하진 않지만 벚꽃을 바라볼 수 있을 만큼 살아남은 사람이었다.

벚꽃은 아름다웠고 나는 그 아름다움에 반응할 수 있을 만큼 회복되어 있었다.

벚꽃이 지고 나면, 도시는 금세 평범해진다. 사람들도 일상의 제자리로 돌아가고, 하나미의 웃음소리도 멈춘다. 하지만 봄은 끝나지 않는다. 그건 단지 꽃이 지는 일이지, 계절이 사라지는 건 아니니까.

삶도 그렇다.

눈에 보이는 기쁨이 사라졌다고 해서 삶이 무너진 건 아니다.

벚꽃이 진 자리엔 연둣빛 잎이 올라오고, 그 잎이 여름을 부른다.

나는 그렇게 또 한 계절을 건넜다.

병도 모르던 시절, 삶에 쫓겨 도망치던 시간들 그리고 다시 나를 마주한 어느 봄날까지.

이제 나는 안다. 봄은 한 번만 오는 것이 아니라는 걸. 꽃이 져도 다시 피어날 수 있다는 걸. 봄은 나에게 말했다.

"괜찮아. 넌 아직 끝나지 않았어."

이 말은, 많은 것이 사라지고 무너진 것 같은 시간 속에서도 내가 여전히 살아가고 있다는 것을 깨닫게 해 주었다.

벚꽃은 그저 하나의 상징일 뿐이었지만 나에게 깊은 의미를 전해 주었고 나는 더 이상 과거에 얽매이지 않겠다고 다짐했다. 살아 있다는 것은 그 자체로 소중하며, 어떠한 상황 속에서도 다시 일어설 수 있는 가능성을 의미하기 때문이다.

이제 벚꽃 시즌이 지나가도 나는 계속해서 계절을 오롯이 느끼며 살아갈 것이다. 앞으로 다가올 봄에 대한 기대와 그 안에서 피어나는 새로운 가능성들을 품고, 나는 더 넓은 세상으로 나아가려 한다.

계절처럼 돌아오는 희망

살아 있음의 회복

야마가타에 있던 시절. 그땐 아직 병도 없었고, 죽음에 대해 진지하게 생각해 본 적도 없었다. 다만 하루하루를 살아 내는 것에 온 힘을 쏟았다.

몸은 늘 피곤했고, 주말은 하루가 통째로 증발해 버린 것처럼 지나갔다. 나는 온천일 외에도 아르바이트를 두세 개 더 하며 매달 조금씩 돈을 모았다. 그 돈은 나의 희망이었고, 미래였다.

그러던 어느 날, 그렇게 몇 년간 야금야금 모아온 돈을 계(契) 돈 사기로 한순간에 잃었다. 정확히 말하자면 '믿었던 사람'에게 배신 당했다. 그것도 친구처럼 알고 지내던 한국 사람에게. 믿는다는 이유로 계약서도 쓰지 않았고, 의심하지 않았다는 이유로 돌이킬 수 없었다. 그날 이후 나는 매일같이 나 자신을 원망했다.

왜 그렇게 어리석었을까.

왜 그렇게 사람을 믿었을까. 왜, 왜, 왜…

하지만 자책은 돈을 되돌려 주지 않았고, 내 삶은 여전히 계속되어야 했다.

그즈음 친구가 한 사람을 소개해 주었다.

나는 또 한 번의 용기가 필요했다. 사랑이라기보다는 탈출에 가까웠다.

고통의 일상에서, 혼자서는 빠져나올 수 없을 것 같던 그 구덩이에서 누군가가 손을 내밀어 준 것 같았다. 그런 계기로 나는 야마가타를 떠났다.

눈이 유독 많이 내리던 도시. 고단했지만 나를 단련시켜 준 시간들과 작별을 고해야 했다. 내가 떠난 것은 실패해서가 아니라 또 다른 세계로 나아가기 위한 '이동'이었다.

때로 삶은 도망처럼 보이는 결단을 통해 다음 장으로 넘어간다. 그때는 몰랐다. 앞으로 내 몸 안에서 자라고 있던 병이, 곧 나의 삶을 송두리째 흔들 거라는 것을. 하지만 앞으로 전개될 미래를 예측하지 못했기에 나는 그때 '다시 살아보고자' 하는 마음으로, 또다시 신발을 신고 새로운 땅을 밟았다.

삶은 언제나 예고 없이 방향을 바꾼다.

하루아침에 모든 것을 잃기도 하고, 우연처럼 만난 사람과 함께 길을 나서기도 한다.

나는 그 시절을 돌아보며 이렇게 말할 수 있다.

그건, 끝이 아니었다.

또 하나의 시작이었다.

봄은 늘 그렇게 다가왔다.

모든 것이 낯설고 두려웠던 그 순간에도, 새로운 시작을 맞이하도록 나를 이끈 것이 있었다.

야마가타에서의 그 경험들은 나를 더욱 강하게 만들었고, 앞으로 나아갈 수 있는 원동력이 되었다.

비록 어려움이 닥칠지라도 나는 다시 한번 그 길을 걸어 보겠다는 다짐을 하며, 새로운 삶의 장을 펼쳐 나가고자 한다.

봄은 멀지 않았다. 새로운 희망이 필 때까지 나는 나아갈 것이다.

봄이 내게 말해 준 것
다시 시작해도 괜찮아

야마가타의 봄은 조용히 온다. 겨울이 길어 그 조용함은 더 절실하다. 마치 너무 오래 기다려, 이제는 기대조차 하지 않던 이에게 불쑥 건네지는 따뜻한 위로처럼.

어느 날, 나는 길은 걷다가 벚꽃과 마주쳤다. 그저 '예쁘다'는 말조차 입에 올리기 어려웠다. 그 풍경 앞에서 나는 너무 초라했다.

몇 년간 아껴 가며 모은 돈. 땀 흘려서 몸으로 번 시간의 결정체. 그것을 허망하게 송두리째 잃었다. 믿었던 친구의 배신은 돈보다도 마음을 앗아 간다. 무너졌다고 생각했다. 그 자리에서 더 이상 일어날 수 없을 것 같았다. 나는 나 자신에게서조차 침묵했다.

그즈음, 나는 두 권의 얇은 책을 반복해서 들춰 보았다. 한 권은 엘리자베스 퀴블러 로스의 『죽음과 죽어감』, 또 한 권은 요시모토 바나나의 『하드보일드 하드 럭』.

요시모토 바나나는 이렇게 말했다.

"어떤 아픔도 시간을 통해 지나가면, 언젠가는 꼭 아름다움의 일부가 된다."

나는 이 문장을 읽고 한참 동안 책을 덮지 못했다. 아름다움의 일부가 된다는 것, 지금은 절망이지만 언젠가 이 기억도 내 인생을 구성하는 한 조각으로 빛날 수 있다는 희망이 피어났다.

퀴블러 로스의 글도 함께 떠올랐다.

"사랑이 깊을수록 상실도 크다. 그러나 사랑이 있다는 것은, 그 자체로 살아 있었다는 증거다."

그날 이후 나는 눈물을 다르게 받아들이기 시작했다. 배신도, 상처도, 나의 일부라고 인정하고 받아들였다. 그리고 그 벚꽃 앞에서 내 안에 아주 작은 새싹 하나가 움트는 걸 느꼈다.

며칠 뒤에 친구가 한 사람을 소개해 주겠다고 했다.

"혼자 너무 힘들어 보여서 그래. 그 사람, 믿을 만해. 말도 잘 통하고 사람이 괜찮아."

처음엔 거절하려 했다. 사람을 다시 믿는다는 건, 그보다 더 먼저 나 자신을 믿어야 하는 일이기 때문이다.
하지만 벚꽃이 내게 가르쳐 준 한마디가 있었다.

"다시 시작해도 괜찮아."

그 말이 아주 작게, 그러나 분명하게 내 안에서 잎을 틔우고 있었다.
그래서 나는 사람을 만나기 위해 천천히 말하고, 조심스럽게 웃으며, 누군가의 눈을 마주 보는 연습부터 다시 시작했다.

야마가타는 내게 고된 땅이었지만 그 봄, 나는 분명히 들었다.
벚꽃이 내게 속삭이듯 말하던 희망의 메시지…

"괜찮아. 넌 다시 시작해도 돼. 넌 아직 끝나지 않았어."

세상이 회색으로 물들어 있던 나날 속에서, 나는 새싹이 움트는 듯한 소중한 기운을 느꼈다.

그것은 단순히 꽃이 피어난 것 이상의 의미를 갖고 있었다.

삶의 깊은 상처와 아픔 속에서 벚꽃은 나를 위로하고 다시 일어설 수 있도록 격려해 주었다.

이제 나는 그 목소리를 잊지 않을 것이다. 다시 시작하는 것은 결코 부끄러운 일이 아니며, 중요한 것은 어떻게 앞으로 나아가느냐이다. 시련이 아무리 힘들었다 해도 세상은 여전히 아름답고, 나 또한 그 아름다움 속에 존재하고 있다는 것을 깨달았다.

짧은 시간 만개하기에 소중한 벚꽃처럼, 우리 각자의 삶도 변화를 겪으며 순간순간의 소중함을 잊지 말아야 한다. 또다시 피어날 수 있는 기회는 언제든지 존재하므로, 나는 앞으로도 커다란 희망을 품고 나아갈 것이다.

처음으로 내 마음속에 자리 잡은 그 메시지를 다시금 되새기며, 나의 길을 계속 걸어가리라.

그해, 야마가타 모노가타리

무라카미 하루키의 산문집 『슬픔은 언제나 새로워서』를 읽은 건 야마가타를 떠나기 몇 주 전이었다. 책 속의 한 구절이 마음에 오래 여운을 남겼다.

"마음속에 남겨 두는 감정의 방식이 결국 그 사람의 온도를 만든다."

나는 그 구절을 천천히 몇 번이고 되새겼다. 지금 내 마음속 엔 무슨 감정이 남아 있을까.

지워지지 않는 피로,

믿었던 사람에게 당한 배신,

사라진 돈과 겨우 붙잡은 내 하루.

그 모든 것이 나를 차갑게 만들고 있었지만 무라카미 하루키의 말처럼 그 감정을 어떻게 다스리느냐로 앞으로의 내가 결정될 거라는 사실을 깨달았다.

야마가타에서의 시간은 길고도 짧았다. 눈은 무서울 만큼 많이 왔고, 온천의 수증기 속에서 하루하루 뼛속까지 피로가 스며드는 노동을 했다. 매일이 생존이었고, 그럼에도 나는 꺾이지 않으려 애썼다.

몸이 부서질 만큼 일하고, 모은 돈은 지켜 내지 못했지만 내 안에서 자라고 있던 '살아 내는 마음'만큼은 누구에게도 빼앗기지 않았다.

친구의 소개로 만난 사람, 사랑이라기보다는 '한 걸음 앞으로 나가고자 하는 마음'으로 대했다. 그래서 야마가타를 떠나기로 했다.

우리에게 이별은 늘 치러 내는 일이지만 익숙해지지 않고 항상 복잡하다.

어떤 이별은 새로운 삶으로 이어진다.

야마가타는 나에게 너무 많은 것을 안겨 주었다. 수치심, 성취감, 배신, 회복 그리고 나라는 사람을 조금 더 이해하게 된 시간.

나는 이 땅을 결코 사랑했다고 말할 수는 없다.

하지만 이 땅에서 나는 다시 살아갈 힘을 길렀고, 다시 나를 믿는 연습을 했고, 또다시 꿈꾸는 법을 배웠다.

그래서 나는 이 시기를 '야마가타 모노가타리(山形物語)'라 부르기로 했다. 살아가야 하는 이유를 찾기 위해 떠났고, 내 삶의 이야기를 짓는 과정이었으니. 이곳에서의 모든 경험이 나를 더욱 깊고 강하게 만들어 주었다.

모래알처럼 넘쳐나는 감정들 속에서 나 자신을 다시 발견하며, 새로운 시작에 대한 기대를 품고, 다시 한번 꿈 그리기를 시작할 것이다.

살아 있는 나로서 돌아선 그해, 나의 이야기.

나는 일본 땅에 씨앗처럼 도착했다.

빈손, 낯선 언어, 움츠러든 마음으로.

야마가타는 그 씨앗이 새싹으로 자랄 수 있게 해 준 땅이었다.

혹독했지만 그 속에서 나는 뿌리를 내렸고, 드디어 작은 잎을 틔우기 시작했다.

이제 나는 알았다. 잎이 무성해지고 나무가 되기 위해서는 더 넓은 공간, 더 따뜻한 햇볕 그리고 충분한 시간이 필요하다는 것을.

그래서 나는 떠난다.

이제는 단지 도망이 아니라 자라기 위한 선택으로.

계절은 봄에서 여름으로 넘어가고 기온도, 햇살도 달라지지만 내 안의 계절은 여전히 이어진다.

나는 더 이상 씨앗이 아니다.

나는 이제 잎이 난 사람이다.

그리고 언젠가, 이 몸과 마음이 한 그루 나무처럼 어디에 뿌리를 내릴 수 있을지 조용히 기대해 본다.

그리고 이제 나는 다시 걷는다.

야마가타를 등지고,

다음 계절로.

조금 더 단단해진 나를 데리고.

이제 내 앞에 펼쳐질 새로운 땅은 다시 한번 내 자아를 탐색하고, 새로운 가능성을 열어 줄 공간이다.

나는 두려움이나 불안 대신 희망을 가득 품고 새로운 도전을 향해 나아가고자 한다. 그간의 경험이 나를 더욱 단단하게 만들고, 자립적인 내가 될 수 있도록 이끌어 주었다.

앞으로 어떤 모습으로 성장할지 기대하며, 나는 진정 나의 발걸음에 자부심을 담아 다음 여정으로 나아간다.

이제는 두려움 없이, 나 자신을 믿고 걸어 나간다.

여름

뜨거운 생명력의 찬가

말이 트이지 않는 아이
다시 나를 일으켜 세우다

야마가타에서의 생활을 마무리하고, 나는 이바라키현 미토(茨城県水戸)로 향했다.

계절은 초여름, 싱그러움과 낯섦이 뒤섞인 공기 속에서 나는 또 한 번 인생의 문을 열고 있었다.

다시 결혼을 했고 늦은 나이에 아들을 품에 안았다. 아이를 처음 안았을 때 그 따뜻한 체온에 세상의 모든 무게가 녹아내릴 듯했다. 내게는 그저 살아 있다는 이유만으로 눈부신 존재였다.

낯선 땅에서 새로운 삶을 꾸리기 위해 나는 미토의 중심지에 한국식 한방 에스테(エステ) 샵을 열었다. 몸을 따뜻하게 하고, 마음을 풀어 주는 공간. 낯선 이들이 스스럼없이 앉아 마음을 내려 놓는 그 자리에 나도 점차 뿌리를 내릴 수 있었다.

그러나 삶은 언제나 예기치 못한 방향으로 흐른다.

아이는 순했다.

너무 조용한 아이였다.

옹알이는 했지만 말이 트이지 않았다.

처음에는 그저 느릴 뿐이라며 스스로를 다독였으나 차츰 불안은 커져 갔고, 마침내 '발달장애'라는 진단을 받아들여야 했다.

그 순간, 내 안의 어떤 세계가 무너졌다.

내가 뭘 잘못했을까?

내가 부족했던 걸까!

자책과 혼란 속에서 나는 아이를 끌어안고 수없이 울었다.

아이는 초롱초롱한 눈망울로 그저 나를 바라보았다. 말은 없었지만 그 눈빛은 모든 것을 말해 주고 있었다.

나는 그제야 깨달았다. 이 아이는 나보다 더 깊은 세상을 느끼고 있었음을.

그러나 아이를 키우는 일은 나 혼자 감당할 수 있는 문제가 아니었다.

냉혹한 현실이었다.

나는 이방인이었다.

한국인 엄마와 함께 사는 이 아이가 앞으로 일본 사회에서 어떤 시선과 어려움을 마주하게 될지, 두려움이 밀려왔다.

남편은 일본인이었고, 아이에게는 일본 국적의 가족과 사회적 울타리가 필요했다.

이 아이가 세상의 편견과 낯섦 속에서 혼자가 되지 않도록 나는 한걸음 물러나기로 결심했다.

무엇보다도 아이는 할머니와 할아버지의 각별한 사랑 속에서 무척 편안해했다. 아이의 눈빛이 가장 환해지는 순간은 그들의 품에 안겨 있을 때였다.

그 따뜻한 울타리 안에서라면, 말이 없어도 세상과 이어질 수 있을 거라고 믿었다.

그래서 아이를 아빠와 조부모와 함께 살도록 결정했다.

그 결정은 나를 갈기갈기 찢어 놓았지만 동시에 아이에게는 더 나은 미래를 선택해 주는 길이었다.

그 후로 우리는 각자의 삶을 살았다.

나는 미토에서 일과 치유의 공간을 이어 갔고, 아이는 아빠와 함께 미토에서 자가용으로 30분 거리에 있는 조그마한 시골 도시에서 자라났다.

우리는 완전히 떨어지지 않았다.

나는 아이를 정기적으로 만나러 갔고 아이는 늘 같은 눈빛으로 나를 반겨 주었다.

그 침묵 속의 사랑은, 말보다 선명했다.

이 모든 경험이 나를 다시 일으켜 세웠다.

아이의 존재가 내 삶의 이유가 되었고, 나 또한 한 사람의 어머니로서 성장하고 있음을 느꼈다. 앞으로의 길도 쉽지 않겠지만 이제는 이 모든 것을 통해 배운 사랑의 힘이 내 안에 있기에, 나는 다시 나아갈 수 있을 것이라는 믿음이 생겼다.

이혼은 외로운 선택이었으나 동시에 용기 있는 선택이기도 했다. 나는 이제 다시 '혼자'의 삶을 살아가야 했다. 하지만 더 이상 텅 빈 것이 아니었다. 엄마로서의 시간, 사랑의 기억, 아이와 나만의 특별한 언어는 내 삶을 지탱해 주는 뿌리가 되어 주었다.

말을 하지 못하는 아이가 내게 가르쳐 준 것은 사랑은 말로 완성되는 게 아니라는 것.

때로는 가장 큰 사랑이 '놓아주는 일'일 수 있다는 것.

나는 아이의 침묵에서, 나를 일으켜 세우는 법을 배웠다.

그 여름, 세상은 뜨겁고 나는 다시 살아갈 용기를 품었다.

이 모든 과정이 나에게는 큰 도전이었고 나를 강하게 만들었다. 아이와의 소통은 항상 쉽지 않았지만 우리의 특별한 언어는 서로에게 느끼는 사랑을 담았다. 그 사랑은 말보다 깊고 진솔했으며, 나를 지탱해 주는 원동력이 되었다.

이제 나는 아이를 놓아주기로 한 선택이, 우리 모두에게 최선의 길임을 믿고 있다.

아이는 가족의 울타리에서 큰 사랑을 받고 자신을 더욱 자유롭게 표현할 수 있을 것이기 때문이다.

나는 혼자가 아닌 소중한 존재를 품고 살아가는 엄마로서의 삶을 이어 나가겠다.

아이와 함께 한 시간들이 나를 더욱 단단하게 만들어 주었고, 다시 나아갈 수 있는 용기를 주었다.

그 여름, 나는 새로운 시작과 부딪치며 다시 살아갈 모든 가능성에 대해 기대를 품고 있었다.

사랑은 이처럼 각자의 방식으로 존재하며, 나에게는 지금 이 순간이 가장 소중하다.

햇빛 아래서 자라는 아이
'돌봄'이라는 말의 무게

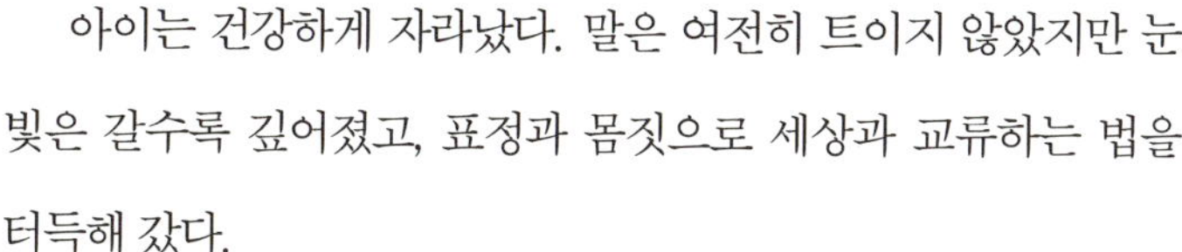

아이는 건강하게 자라났다. 말은 여전히 트이지 않았지만 눈빛은 갈수록 깊어졌고, 표정과 몸짓으로 세상과 교류하는 법을 터득해 갔다.

나는 아이의 성장을 멀리서 지켜보았다.

매달, 아이를 만나러 가는 길은 마치 계절이 바뀌는 소리를 들으러 가는 순례 같았다.

아이의 손을 꼭 잡고 걷던 날.

같이 햇살을 맞으며 벤치에 앉아 아이의 손에 간식을 쥐어 주던 날.

아이는 늘 말이 없었지만 먹고 싶은 것 앞에서는 표정의 미묘한 변화로 내게 신호를 보냈다.

나는 그 작은 반응들을 읽어 내며, "그래, 너 지금 행복하구나"
하고 마음속으로 중얼거리곤 했다.

초등부, 중등부 그리고 고등 과정까지 특수 학교를 다니며 아
이는 착실히 자신의 삶에 적응해 갔다.
지능이 낮은 것도 아니었고, 정서적으로도 안정적이었다.
무엇보다도 사람을 좋아하고, 낯선 환경에서도 잘 적응했다.
학교 선생님들로부터 종종 듣는 말이 있었다.

"이 아이는 정말 마음이 따뜻하고, 배려심이 있어요."

나는 놀라지 않았다.
그 아이의 마음속에는 말보다도 더 크고 깊은 울림이 있었다.
아마도 세상을 바라보는 방식 자체가 우리와 다르기 때문일
것이다.

조금 느리게, 더 가까이에서, 더 오래 들여다보는 방식으로 세
상을 받아들이는 아이.
나는 그 아이 덕분에 '다름'을 이해하고, 받아들이고, 존중하는
법을 배웠다.

고등 과정을 마친 뒤, 아이는 '히마와리(向日葵)'라는 시설에 입소했다.

그곳은 숙식이 가능한 복지형 공동생활 시설이었고, 낮에는 동료들과 함께 간단한 작업 활동도 하며 지역사회와 연결되는 생활을 시작했다.

공동체 생활은 아이에게 많은 것을 선물해 주었다.

스스로 정리하고, 정해진 시간에 규칙적인 식사를 하며, 간단한 지시를 따르고, 누구보다 성실히 맡은 일을 해냈다.

그 모습을 처음 본 날, 나는 눈물이 왈칵 쏟아졌다.

'아, 너는 너의 방식대로 잘 살아가고 있구나.'

말 한마디 없이 그렇게 말해 주는 듯한 모습이었다. 나는 참 많이 미안했고, 참 많이 고마웠다.

그리고 무엇보다 일본 사회의 섬세하고 촘촘한 장애인 복지 시스템에 깊이 감사했다.

내가 할 수 없던 것을 대신해 주는 손길들.

그리고 그 아이를 품어 주는 공간이 이 사회 안에 존재한다는 사실은, 언제나 내 마음 깊은 곳에서 안도와 감사를 함께 불러일으켰다.

그래서 나는 생각했다.

'나 역시 이 복지의 사슬 안에 연결되고 싶다. 단지 받는 사람으로서가 아니라 언젠가는 내가 보탬이 되는 사람으로.'

돌봄(care)이라는 단어는 단순히 약자를 돕는 행위가 아니었다. 그건 결국 사람을 사람답게 지켜 내는 일이었다. 무엇인가 채워 주는 것이 아니라 있는 그대로 그 존재를 인정해 주는 일. 그 철학을 아이에게 배웠고, 지금도 여전히 배우고 있다.

햇빛이 아이의 머리 위로 천천히 내리쬐었다.
나는 멀리서 그것을 바라보며 생각했다.
언젠가 아이가 혼자서 길을 걸을 날이 오면,
그 길은 분명 오늘의 이 햇살처럼 따뜻할 거라고.

그리고 나는 오늘도 기도하듯 다짐한다.
'돌봄의 마음'을 잃지 않고, 살아가겠노라고.
이 마음이 아이에게 그리고 세상에 조금이나마 따뜻함을 전할 수 있기를 바라며, 나는 계속해서 사랑의 방법을 찾아가고 있다.

아이와 나, 서로에게 배움을 주며 성장하는 이 과정이야말로 진정한 돌봄이 아닐까.

우리는 함께 더 나은 내일을 만들어 가고 있다는 확신 속에서, 한 발 한 발 나아가고 있다. 돌봄이란 단순히 누군가를 위해 희생하는 것이 아니라 함께 성장하는 관계임을 잊지 않겠다.

아이의 여정은 나에게도 소중한 교훈이 되고, 삶의 의미를 되새기게 해 준다.

그래서 나는 삶의 이 모든 순간을 간직하고, 세상을 품고 가는 엄마로서의 길을 계속 걸어가겠다고 다짐한다.

그림처럼 피어난 인연
그리고 오모이데 미술관

인생에서 가장 소중한 인연은, 놀랍도록 조용하게 찾아온다.

그분과의 만남도 그랬다. 에스테 샵에 손님으로 오셨던 그분은 이바라키에서 사업을 하는 분이셨다. 사람들과 이야기 나누는 것을 좋아하고, 자신을 과시하지 않는 태도로, 어떤 날엔 한마디도 하지 않고도 내 마음을 다 읽고 나가는 그런 사람이었다.

특별했던 건 대화의 깊이였다.

그분은 내 이야기를 귀 기울여 들어 주었고, 어떤 말도 중간에 끊지 않았다.

어쩌면 나는 그때 처음으로, 말하지 못한 내 깊은 속마음까지 받아들여 주는 사람을 만났는지도 모른다. 그렇게 우리는 손님과 업주의 관계를 넘어서, 삶을 이야기하고 마음을 공유하는 친구이

자 동반자가 되어 갔다.

그분은 말보다 행동으로 베푸는 사람이었다. 사람을 도울 때 계산하지 않았고, 관계를 맺을 때 무게를 따지지 않았다. 그분 곁에 있으면 세상이 조금 더 따뜻해 보였다.

그리고 어느 날, 그분은 조심스럽게 제안했다.

"비즈니스 파트너로 온천 여관을 해 보지 않겠어요?"

사실 그 제안은 갑작스러웠지만 전혀 뜻밖의 이야기는 아니었다. 그분의 아버님께서 60년 전, 도치기현 나스(栃木県那須) 지역에 별장지를 사 두었고, 그 옆에 오래된 온천 여관이 하나 있었다. 당시 일본은 고도성장기에 접어들어 별장을 갖는 것이 유행처럼 번지던 시절이었다.

그 이야기를 들은 기억이 머릿속에 남아 있었고, 그때의 인연이 이제 또 하나의 시작점이 될 수 있다는 걸 직감하고 있었다.

여관을 열기로 결심했을 때 우리는 하나의 원칙을 세웠다.

이곳은 '지친 사람들이 쉬어 갈 수 있는 집'이 되어야 한다.

그리고 또 하나, 그분이 오랫동안 수집해 온 그림들을 전시실이 아닌 생활의 공간 속에 녹여 놓기로 했다.

복도 벽마다, 각 객실 안의 조용한 코너마다, 식당 안에도, 계단 오르는 벽에도 그림을 걸었다.

누군가 차를 마시는 순간에 다른 누군가는 조용히 그림 앞에 멈춰 서곤 했다.

그 공간 전체가 하나의 '살아 있는 미술관'이 되었다.

여관은 '미야마(美山) 오모이데 미술관(思い出美術館)'이라 불렀다. 추억 속의 기억, 감정, 관계 그 모든 것이 그림으로 말을 거는 듯한 공간.

무엇보다도 이 여관의 자랑은, 피부가 매끈해진다는 소문이 자자한 유황천이었다.

맑은 날엔 온천수 위로 햇살이 부서졌고 투명한 색깔을 띠웠다. 비 오는 날엔 김이 모락모락 피어올라 우윳빛처럼 뽀얀 색으로 마음까지 데워 주었다.

이곳에 머무는 손님들은 몸을 풀고, 마음을 놓고, 그리고 어느새 '나'를 찾아갔다.

나는 이 여관이 단순한 숙박 시설이 아니라 한 사람의 인생이 조용히 회복되는 시간의 쉼표가 되기를 바랐다. 그리고 지금, 그 꿈은 하나씩 현실이 되어 가고 있다.

그분은 여전히 내 곁에 있다. 남편이라는 이름으로 한정 짓고 싶지 않은, 죽을 때까지 함께 살아도 결코 낡지 않을 동반자.

그의 손을 잡고, 나는 오늘도 이 여관을 돌본다.

그림을 걸고, 물을 끓이고, 식사를 준비하고, 손님들을 맞이하며.

우리의 삶은 그림처럼 조용하고, 그림처럼 깊고, 무엇보다 진심 하나로 그려지고 있다.

우리의 인연이, 이렇게 세상에서 가장 소중하게 피어났다.

이 모든 것이 사랑과 돌봄의 마음이 담긴 결과임을 느끼며, 우리는 앞으로도 함께 그려 나갈 따뜻한 이야기를 기대하고 있다.

여관이라는 이름의 쉼터
치유의 물소리를 따라

새벽 4시 30분, 나스의 하루가 시작된다.

온천 여관의 하루는 누구보다 이른 새벽에 시작된다.

첫 번째 김이 피어오르기 전 나는 먼저 욕탕을 확인하고, 식당의 불을 켜고, 로비의 창문을 열어젖힌다.

나스의 아침 공기는 언제나 신선하고, 안개 낀 산 능선은 마치 구름 위를 걷는 듯한 착각을 준다.

그 고요함 속에서 나는 매일 같은 일을 되풀이하지만 단 한순간도 같은 날은 없다.

이 여관은 단지 사람들이 잠시 머무는 곳이 아니고, 삶의 리듬에서 벗어난 이들이 자신을 다시 발견하고, 어딘가 무너진 마음한 조각을 조용히 봉합해 가는 작은 회복의 장소이기를 나는 희망한다.

그 중심에는 늘 물이라는 유황온천이 있기 때문이다.

이곳 미야마의 유황온천은 지역에서도 꽤 알려져 있다.

피부에 닿는 순간 매끈해지는 느낌, 살짝 톡 쏘는 유황 특유의 향 그리고 몸속 깊숙이 전해지는 따스함.

손님들 대부분은 온천에 들어갔다 나오고 나서야 비로소 진짜 '숨'을 내쉰다.

긴장을 푸는 숨, 살아 있다는 것을 다시 확인하는 숨.

물의 철학을 생각한다.

물은 항상 낮은 곳으로 흐른다.

막히면 돌아가고, 얼면 기다렸다가 녹는다.

강요하지 않지만 모든 것을 품는다.

사람의 마음도 그래야 하는 것 아닐까?

하루는 허리가 구부정한 할머니 한 분이 오셨다.

말이 많지 않은 분 같았다. 욕탕에서 나오는 얼굴은 환하게 피어 있었는데, 그분은 조용히 말했다.

"이 온천물은 사람의 속이야기를 씻어 내는 물이네요."

그 말을 듣고 나는 오래도록 그분의 등을 바라보았다.

이곳은 단지 물이 좋은 곳이 아니라 마음이 풀리는 곳이어야 한다. 그 사실을 손님들이 나보다 먼저 알아챈 것이다.

할머니는 다음 날 아침, 체크아웃을 하시면서 말씀하셨다.

"30년 만에 처음 푹 잤어요. 고마워요."

그 순간 깨달았다. 미야마는 몸을 씻는 곳이 아니라 마음을 씻는 곳이구나……

미야마 여관의 곳곳에 걸어 놓은 크고 작은 그림들은 그 시대를 회상하게 해 준다.

식당 사면의 벽에는 전쟁 전후의 도쿄 풍경들. 밝은 색채의 풍경화가 있다.

복도에는 파리의 풍경들이 그 시대의 파리를 이야기해 주고, 로비에는 여행자의 여정을 그린 그림들이 있다.

객실마다 다른 분위기의 유화들이 거의 150여 점으로 여관 곳곳에 자리 잡고 있다.

식사를 하던 손님이 조용히 묻는다.

"여기 있는 그림, 판매하나요?"

나는 웃으면서 대답한다.

"이 그림들은 여기서 쉬는 그림이에요. 이곳이 그림들의 방이
거든요."

그림도, 사람도, 쉼이 필요한 시간을 가진다. 그리고 여관이
라는 공간은 그 쉼의 주기를 조용히 받아 주는 곳이다.

어떤 손님은 복도의 풍경화 앞에서 오랫동안 서 있다가 가시
기도 하고, 어떤 손님은 사진으로 찍어 가시기도 한다.

그림들이 손님들과 나누는 무언의 대화가 있는 것 같다.

하루는 어떤 젊은 부부가 손님으로 왔다.

말없이 서로 다른 방향을 보며 앉아 있던 두 사람. 아마도 어
떤 갈등이 있었던 모양이었다.

저녁 식사 때도, 욕탕에 들어갈 때도 거의 대화가 없었다.

하지만 둘째 날 아침, 함께 온천에서 나오는 모습이 달라 보였
다. 무언가 풀어진 것 같은 편안한 표정들. 체크아웃 할 때 나에
게 작은 메모지를 건넸다.

"말은 못 했지만 함께 온천에 들어가 있는 동안 우린 다시 연
결되었어요. 고맙습니다."

그 메모 한 장이 나를 며칠이고 따뜻하게 해 주었다.

내가 하는 일이 누군가의 인생에 조용히 스며들 수 있다면, 그걸로 충분하지 않을까 싶었다.

온천욕의 마법일까?

유황 성분이 피부뿐만 아니라 마음의 경직도 풀어 주는 걸까?

아니면 일상에서 벗어난 공간이 자유로움을 주는 걸까?

미야마 여관은 혼자서 운영하고 있다. 이 여관을 혼자 운영한다는 것은 쉽지 않다.

새벽부터 밤까지, 청소부터 요리까지, 체크인부터 체크아웃까지. 모든 것을 혼자 해야 한다.

때로는 지치고, 때로는 외롭다. 하지만 혼자라서 가능한 것들도 있다.

손님 한 분 한 분과 진심으로 만날 수 있고, 그들의 작은 변화도 놓치지 않고 볼 수 있다.

큰 호텔에서는 불가능한 개인적인 서비스가 가능하다.

혼자서 150여 점의 그림을 돌보고, 혼자서 온천의 온도를 확인하고, 혼자서 아침저녁 식사 준비를 한다. 하지만 손님들이 만족해하는 모습을 볼 때면 모든 피로가 사라진다.

가끔 이 일을 하면서 아들을 생각한다.

말은 못 하지만 음악을 좋아하는 아이. 사람들과 어울리기를 좋아하는 아이. 히마와리에서 행복하게 잘 지내고 있지만 엄마로서 늘 마음 한편이 아프다.

하지만 이 여관을 운영하면서 배운다.

말이 없어도 마음은 통할 수 있다는 것을.

다름이 틀림이 아니라는 것을.

각자의 속도대로 살아가면 된다는 것을.

아들도 자기만의 속도로 살아가고 있을 것이다.

히마와리의 동료들과 함께 자기만의 방식으로 세상과 소통하며.

언젠가는 아들이 미야마에 놀러 오면, 이 그림들을 보여 주고 싶다.

말없이도 아름다운 것들이 많다는 것을 보여 주고 싶다.

저녁이 되면 온천에서 들려오는 소리를 듣는다.

콸콸 물이 끓어오르는 소리. 조용히 흘러내리는 소리. 손님들이 욕탕에 들어갔다 나오는 소리. 하나의 음악이 되어 여관을 감싼다.

물소리를 들으며 생각한다.

이 소리를 듣고 있는 사람들이 모두 치유받기를.

상처받은 마음이 회복되기를.

지친 몸과 마음이 다시 살아나기를.

물은 언제나 자기 자리로 돌아간다.

바다로 가서 다시 구름이 되고, 비가 되어 땅으로 내려와 강이 된다.

사람들도 그렇다. 이곳에서 잠시 쉬었다가 다시 자기 자리로 돌아간다. 조금 더 나은 마음으로.

이곳에 다녀간 사람들이 마음속에 그림 한 점, 물 한 바가지, 따뜻한 밥 한 그릇의 기억을 간직하고 살아가는 것, 내가 이 일을 시작한 이유일지도 모른다.

여관이라는 공간은 단순한 숙박업소가 아니다. 그것은 현대인들이 잃어버린 '쉼'을 되찾는 곳이다.

빠르게 돌아가는 세상에서 잠시 멈춰 서서 자신을 돌아볼 수 있는 곳.

벽에 걸려 있는 그림들이 그것을 말해 주며, 예술은 사람의 마음을 위로한다.

온천물이 그것을 말해 주며, 자연은 사람을 치유한다.

정성스러운 식사가 그것을 말해 주며, 따뜻함은 사람을 회복시킨다.

유황천의 물소리를 따라서 사람들은 치유되고 회복된다.

그리고 나도 그들을 통해 치유되고 회복된다.

이것이 여관이 주는 선물이며,

머무는 사람도, 맞이하는 사람도 모두 함께 성장하는 공간, 여관이라는 이름의 쉼터에서 이루어지는 아름다운 변화이다.

이렇듯 여관은 단순한 숙소를 넘어, 사람들의 마음에 따스한 기억과 치유의 경험을 남기는 특별한 장소가 된다.

그리고 나는 이곳에서 더 많은 이들이 자신을 발견하고, 회복해 나가는 과정을 지켜보며, 삶의 가치를 다시 한번 느끼게 되었다.

여관의 문을 열고 들어서는 모든 이가 이 공간에서 작은 행복을 얻고, 새로운 시작을 할 수 있기를 바라며, 나는 오늘도 이 여관에서의 하루를 소중하게 이어 간다.

삶의 마지막 장면을 아름답게 수놓는 무대
그림이 전하는 메시지

모든 것이 누군가에게는 마지막이 될 수 있다. 이 단순한 진리는 우리가 일상 속에서 간과하는 많은 것들을 되새기게 한다.

매일의 소소한 순간들이 결국 우리 인생을 구성하는 중요한 기억이 될 수 있음을 알게 된다. 그렇게 하루하루를 더 소중히 여기게 되었을 때 새로운 손님들이 여관에 찾아온다. 그들에게도 아름다운 기억을 만들어 주고 싶다.

언젠가 그들이 이곳을 그리워하며 따뜻한 미소를 지을 수 있는 추억을 선사하고 싶다.

어느 여름날, 흐린 하늘 아래 조용히 도착한 두 사람이 있었다. 하얗게 머리가 샌 어머니와 중년의 딸. 체크인을 하면서 딸이 말했다.

"한적하고 조용한 곳을 찾고 있었어요. 어머니가 여기라면 좋다고 하서서요."

그 말을 듣고 내 마음속에서 가벼운 울림이 있었다. 평범하지 않은 여행이라는 직감이 들었다. 객실로 안내하며 이런저런 이야기를 나누던 중 내가 물었다.

"모녀 여행이신가요?"

딸은 잠시 머뭇거리더니 조용하게 말했다.

"사실은… 어머니가 말기 암이세요. 항암 치료를 멈추고 마지막 여행을 하고 싶다고 하서서요."

그 순간, 세상이 조용해진 느낌이었다. 이 여관이 단순한 숙박 공간이 아니라 어떤 사람의 인생 마지막 기억이 될 수 있다는 사실을 다시금 깨달았다. 가슴이 먹먹해졌다. 동시에 엄청난 책임감이 밀려왔다. 이분들에게 아름다운 추억을 만들어 드려야 한다는 사명감 같은 것.

어머니는 걸음이 조금 느렸지만 눈빛은 또렷했다. 로비의 그림들을 하나하나 살펴보시며 작은 미소를 지으셨다.

"그림이 참 많네요. 마치 미술관 같아요."

그 미소에서 삶을 사랑하는 마음이 느껴졌다. 죽음을 앞두고도 아름다운 것에 감동할 수 있는 마음. 그것이 얼마나 소중한 것인지. 그날 나는 손이 닿는 모든 곳에 마음을 담았다. 욕탕에서 가장 가까운 방에 가장 부드럽고 가벼운 침구를 준비했고, 어르신이 편히 들어가실 수 있도록 유황천 온도를 살짝 낮췄다. 식사는 제철 재료로 담백하게 간을 맞췄고, 식당 한편에는 그녀들이 마주 앉기 편한 자리를 마련했다.

작은 것 하나하나가 소중한 시간의 일부가 될 수 있다고 생각하고, 여관 정원에 수북하게 피어 있는 수국으로 예쁘게 장식해서 평소보다 더 세심하게 임했다. 딸은 그런 내 모습을 지켜보더니 조용히 말했다.

"이렇게까지 신경 써 주시지 않아도 되는데요……"
"아니에요. 당연한 일이에요."

당연한 일이라고 했지만 사실은 그보다 더 깊은 마음이었다. 내 어머니도 신부전으로 일찍 세상을 떠나셨기에 그 딸의 마음이 너무도 잘 이해되었다. 저녁 식사가 끝난 후 어머니는 조용히 일어나 식당 벽에 걸려 있는 무라카미 히데오의 작품을 한동안 바라보셨다.

삶을 마무리하는 사람만이 가질 수 있는 초월적인 시선.
어머니가 그림을 바라보는 모습에는 깊은 평화가 있었다.

딸은 조금 떨어진 곳에서 어머니를 바라보고 있었지만 그 표정에는 사랑과 슬픔이 교차하고 있었다. 어머니의 마지막 순간들을 놓치지 않으려는 간절함이 느껴졌다.

다음 날 아침, 딸이 내게 말했다.

"어머니가 어젯밤 오랜만에 웃으셨어요. 요즘 밤마다 통증 때문에 힘들어 하셨는데, 어제는 '살면서 가장 행복한 하루였다'라고 하셨어요."

그 말을 듣는 순간, 나는 눈물이 복받쳐 올라 고개를 숙이고 식당을 나왔다.

'살면서 가장 행복한 하루'

죽음을 앞둔 분이 하신 말씀이라니. 그 무게가 얼마나 큰지. 그리고 행복한 하루를 이곳에서 보내 주셨다는 것이 얼마나 감사한 일인지. 그날의 아침 햇살은 유난히 부드럽고 따뜻했다. 마치 어머니의 마음을 위로해 주는 것 같았다.

체크아웃 전 마지막으로 온천에 들어가시겠다고 하셨다. 딸이 어머니를 부축해서 욕탕으로 안내했다. 평소보다 훨씬 조심스럽게, 천천히. 나는 물의 온도를 다시 한번 확인하고, 수건과 의자를 정성스럽게 준비했다. 한참 후 욕탕에서 나오신 어머니의 얼굴에는 깊은 만족감이 있었다.

“이렇게 좋은 온천은 처음이에요. 몸이 이렇게 가벼워진 느낌은 얼마 만인지 모르겠어요.”

자연이 주는 마지막 선물로, 유황온천의 치유력이 몸뿐만 아니라 마음까지 편안하게 해 드린 것 같았다. 체크아웃할 때 어머니께서 내 손을 꼭 잡으며 말씀하셨다.

“고마워요. 정말 행복했어요.”

그 손길이 따뜻했다. 생의 마지막을 향해 가는 분의 손이라고는 믿기지 않을 만큼. 딸은 눈시울이 붉어진 채로 고개를 숙여 인사했다. 무슨 말을 해야 할지 모르겠다는 표정이었다.

"어머니께서 행복해하시는 모습을 볼 수 있어서 저도 행복했어요."

진심이었다. 그 순간, 내가 왜 이 일을 하고 있는지 다시 한번 깨달았다. 며칠 후 한 통의 전화를 받았다.

"어머니는 여관을 다녀오신 지 열흘 후 아주 편안히 눈을 감으셨어요. 마지막 여행이 그곳이었다는 것이 얼마나 다행인지 모릅니다. 고맙습니다. 그 기억 덕분에 저도 덜 외롭습니다."

그 일을 겪고 나서 많은 것을 생각했다. 죽음은 끝이 아니라 완성이라는 것. 아름다운 마무리가 얼마나 중요한지. 그리고 우리가 누군가의 마지막 기억이 될 수 있다는 것.

여관이라는 공간이 사람에게 줄 수 있는 것은 단순한 편안함만이 아니다. 어떤 이에게는 재충전의 시간, 어떤 이에게는 재회의 공간 그리고 누군가에게는 삶의 마지막 장면을 아름답게 수놓는 무대가 되기도 한다.

내가 신부전으로 어린 나이에 어머니를 떠나보낸 경험이 있어서일까? 그 모녀의 이야기가 더욱 가슴 깊이 와닿았다. 어머니를 잃는 딸의 마음, 딸을 두고 떠나야 하는 어머니의 마음. 나는 더 정성스럽게 이 여관을 돌보기로 마음먹었다. 이곳을 다녀간 사람들의 삶이 조금이라도 따뜻해질 수 있도록.

150여 점의 그림들, 유황온천, 정성스러운 식사.
모든 것이 누군가에게는 마지막이 될 수 있다.
그 생각으로 하루하루를 더욱 소중히 여기게 되었다.

오늘도 새로운 손님들이 온다. 그들에게도 아름다운 기억을 만들어 드리고 싶다. 손님들이 이곳에서 어떤 순간을 경험할지 결코 알 수 없지만 그 순간들이 소중한 기억으로 남길 바라며, 오늘도 새로운 이야기를 만들어 나가고 있다.

사랑과 이별이 교차하는 그 순간에서 우리는 삶의 진정한 의미를 찾게 된다.

그리고 그 순간들은 결국 우리를 더욱 성장하게 만든다.

이렇게 삶은 끝없이 이어지고 매일매일이 새로운 시작이다.

삶의 고통 속에서도,

여관이라는 이름의 무대에서,

오늘도 새로운 이야기가 시작된다.

그림 앞에 멈춰 선 마음
예술은 사람을 비추는 거울이다

여관의 하루는 언제나 조용히 시작되지만 그 안에서 일어나는 감정의 움직임은 생각보다 깊고 넓다. 특히 그림 앞에서 멈춰 서는 손님들의 모습을 바라보는 시간은 내게 가장 조용한 울림을 준다. 예술이란 결코 단순한 장식이 아니다. 인간이 왜 아름다움을 갈망하는지를 일깨워 주는 깊은 매력을 가지고 있다.

어느 날, 혼자 온 중년 여성이 식사 후 복도를 걷다가 한 그림 앞에 멈춰 섰다.

가을 산의 깊은 숲을 그린 풍경화였다. 노랗고 붉게 물든 나뭇잎 사이로 햇살이 스며드는 그림.

화가가 붓으로 담아낸 정적이 복도 전체를 감쌌다.

그녀는 한참을 서 있었다. 5분, 10분, 그 이상. 마치 그림 속으로 들어가려는 듯이.

그러다가 갑자기 눈을 닦더니 돌아섰다.

"이 그림을 보는데… 아버지 산소에 갔던 길이 떠올랐어요. 그 길을 그리워한 적이 있었는지, 이 그림을 보기 전까지 몰랐네 요."

예술이란 것이 그렇게, 때로는 사람의 마음 깊은 곳을 조용히 두드리는 것이구나. 우리가 의식하지 못하고 살았던 감정들을 작품이 불러일으킨다는 사실 그 자체로 경이로운 경험이었다.

그분은 밤 늦게까지 그 그림 앞에 머물렀다. 아마도 아버지와의 추억을 되새기고 있었을 것이다. 함께 걸었던 산길, 나누었던 대화, 이제는 들을 수 없는 아버지의 목소리들을 되살리며, 마음 속 깊은 곳의 그리움을 온전히 느끼고 있었던 것이다.

미야마 여관의 그림들은 단지 벽을 채우는 장식이 아니다. 그림은 어느 순간 사람과 조용히 마주 보고, 말하지 못한 기억을 끌어올리고, 닫혀 있던 감정을 살며시 열어 준다.

언어가 다르고 문화가 달라도 통하는 보편적인 언어가 될 수 있다. 어떤 외국인 손님은 일본어를 전혀 못했지만 꽃 그림 앞에서 "Beautiful"이라고 속삭였다. 그 한마디에 모든 것이 담겨 있었다. 아름다움 앞에서는 국적도, 언어도 무의미해지며, 오로지 감정만이 교감할 수 있다.

그림은 사람을 비추는 거울이다. 어떤 이는 그림 속에서 자신이 잃어버린 풍경을 발견하고, 어떤 이는 그림을 통해 잊고 있던 감정을 되찾는다.

그리고 어떤 이는 그림을 오래 바라보며 숨을 고른다.

가장 인상 깊었던 것은 한 노인분이었다. 80대로 보이는 할아버지가 혼자 오셨는데, 식사 후 바다 그림 앞에 앉아 한 시간 넘게 머물러 계셨다. 아무 말씀도 하지 않으셨지만 그 뒷모습에서 깊은 사색을 하는 분이라는 것이 느껴졌다. 알고 보니 그분은 젊은 시절 어부였다고 하셨다. 50년 전 바다에서 일하던 기억들이 그림을 통해 되살아났던 것이다.

"그림 속 바다가 내가 알던 바다와 똑같네. 파도 소리까지 들리는 것 같아."

그분의 말씀에서 예술의 진정한 힘을 느꼈다. 시간과 공간을 뛰어넘어 과거와 현재를 연결하는 힘. 기억을 생생하게 되살리는 마법이다. 그림을 걸어 두는 일은 단지 미적 구성을 위한 것이 아니라 사람의 마음과 연결되는 창문을 여는 일이라는 것을 깨달았다.

칸트는 아름다움을 '목적 없는 합목적성'이라고 했다. 어떤 특별한 목적이 없지만 우리 마음에 조화로움을 준다는 뜻이다. 미야마 여관의 그림들이 바로 그런 존재인 것 같다. 손님들에게 무엇인가를 가르치려 하지도 않고, 특별한 메시지를 전달하려 하지도 않는다. 그저 거기에 있을 뿐이다. 하지만 그 존재만으로 사람들의 마음에 여운을 남긴다.

식사를 마치고 그림 앞에서 한참을 머무는 손님들은 그저 가만히, 아무 말없이 그림을 본다. 그 고요한 시간이 나는 참 좋다. 말을 하지 않아도 느껴지는 그 여운, 그림과 사람 사이에 오가는 보이지 않는 대화는 단순한 아름다움을 넘어선다.

현대인들은 너무 바쁘게 산다. 멈춰서 아무것도 하지 않는 시간을 사치처럼 여기곤 한다. 하지만 그런 시간이야말로 마음이 회복되는 시간이다. 이를테면 그림 앞에서 보내는 정적의 시간. 그것은 명상과 같다. 복잡한 생각들이 정리되고, 어지러웠던 마음이 평온해진다.

미야마 여관의 공간은 물로 사람을 데우고, 그림으로 마음을 감싼다. 유황천이 몸의 피로를 풀어 준다면, 그림은 마음의 긴장을 풀어 준다. 몸이 풀리고 마음이 열릴 때 비로소 삶은 다시 앞으로 나아갈 수 있는 힘을 얻는다.

물과 그림의 조화. 자연과 예술의 만남. 이것이 미야마 여관만의 특별함인 것 같다. 단순히 잠자리와 식사를 제공하는 것이 아니라 전인적인 치유를 제공하는 공간이다.

나는 오늘도 그림을 닦는다. 유리 너머로 빛을 받는 색들을 조심스럽게 손질한다. 그림을 닦는 것은 단순한 청소가 아니다. 그것은 일종의 의식이다. 그림에 깃든 예술가의 정신을 보살피고, 그것을 바라볼 사람들을 위해 정성을 다하는 시간이다. 이 그림들을 보고 사람들이 현재의 고단함을 잠시 내려놓기를 바란다.

150여 점의 그림, 150여 개의 세계, 150여 가지 감동.
매일 그것들을 돌보면서 나 자신도 치유받고 있다.

그림은 벽에 걸려 있지만 그 의미는 사람의 마음속에서 계속 살아 움직인다.
가을 숲 그림을 본 여성은 집에 돌아가서도 아버지를 그리워할 것이다.
예술의 진정한 힘은 바로 여기에 있다.
한순간의 감동이 평생의 기억이 되고, 그 기억이 또 다른 창조를 낳는 것.
미야마 여관을 떠난 사람들의 마음속에 그림들이 살아 있다.

그들이 어디에 있든 무엇을 하든 이곳에서 느꼈던 감동이 그들과 함께한다.

그것이 바로 예술이 주는 선물이다.
시간과 공간을 초월하는 아름다움.
인간의 영혼을 울리는 보편적 언어.

오늘도 새로운 손님이 온다.
그들도 그림 앞에서 멈춰 설 것이다.
그리고 각자만의 이야기를 발견할 것이다.

예술 앞에서 우리는 진짜 자신을 만난다. 각자의 이야기 속에서 우리는 서로 연결되어 있고, 예술을 통해 더욱 깊이 있는 인간이 되어 간다.

이런 경험들이 우리 삶 속에서 어떻게 지속될 수 있을까?
각자는 미야마 여관에서의 기억을 심어 두며, 다음의 삶을 살아갈 것이다.
그 순간들은 평범한 일상 속에서도 소중한 감정을 불러일으킬 것이며, 우리는 언제나 그 여운을 간직할 것이다.

나메키 마사요시의 '아사쿠사'
그림이 품은 시대의 기억

미야마 여관의 식당에는 나메키 마사요시(行木正義, 1909~2003)의 1946년 작품, '아사쿠사(浅草)'가 걸려 있다. 전쟁이 끝나고 1년 후 폐허가 된 도쿄의 모습을 담은 유화이다. 색채는 어둡고 침울한 편이지만 그 안에는 희망이라는 작은 불씨가 꺼지지 않고 있다.

이 그림을 처음 볼 때만 해도 단순히 일본의 역사를 보여 주는 자료 정도로 생각했다. 하지만 시간이 지날수록 이 그림이 품고 있는 이야기의 깊이를 알 수 있었다.

1946년의 아사쿠사는 지금의 번화한 모습과는 전혀 다르다. 폐허 속에서 다시 일어서려는 사람들의 모습이 있다. 천막을 치고 장사를 하는 상인, 걸어가는 행인들, 하얀 모자를 쓰고 하얀 구두를 신고 있는 신사 그리고 강아지. 멀리 보일까 말까 한 센소지 (浅草寺) 절의 희미한 실루엣.

삶은 계속되고 있었다. 나메키 마사요시는 이 그림을 어떤 마음으로 그렸을까? 1946년, 일본이 가장 절망적이었던 시기, 모든 것이 파괴되고 미래가 보이지 않던 시절. 그럼에도 화가는 붓을 들었다. 예술가의 사명감이었을까? 아니면 절망 속에서도 아름다움을 찾으려는 인간의 본능이었을까! 이 그림을 보면서 그 시대 화가들의 마음을 상상해 본다.

전쟁 전까지는 아름다운 풍경, 꽃, 사람들의 일상을 그렸을 것이다. 평화로운 풍경, 계절의 변화, 소소한 행복들을… 하지만 전쟁이 시작되고 모든 것이 변했다. 화가들도 징집되어 전쟁터로 갔고, 남은 이들은 전시 체제 속에서 자유로운 창작이 불가능했다. 그림도 전쟁을 위한 도구가 되어야 했으며, 예술은 사치가 되었다.

이 그림은 단순한 명작 이상으로, 일본 현대사 한 시점의 상징이 되기를 바라는 마음으로 손님들에게 소개한다. 각각의 붓질과 색채는 그 시대 사람들의 고난과 희망을 담고 있으며, 과거의 아픔을 기억하도록 해 준다. 그리고 여관이란 공간은 이 그림을 통해 죽음과 생명의 경계를 뛰어넘는 메시지를 전달한다. 우리는 이 그림을 단순한 과거의 기록이 아닌 현재와 미래를 연결하는 살아 있는 존재로 느껴 본다.

'아사쿠사'는 그 자체로 많은 이야기를 담고 있으며, 감상하는 이들에게도 삶의 기억과 감정을 떠올리게 한다. 예술은 시간을 초월한 의사소통의 방법이며, 나메키 마사요시의 작품은 그 진정한 의미를 분명히 보여 준다.

그리고 1945년 8월 15일, 전쟁이 끝났다.
하지만 끝이 곧 시작을 의미하지는 않았다.
폐허 속에서 무엇을 그려야 할까?
어떤 색깔로 절망을 표현할까?
희망은 어떻게 그릴까?

나메키 마사요시의 '아사쿠사'는 바로 그런 고민의 결과물이다.

일본어 '나츠카시이(懐かしい)'는 그리운, 그립다는 뜻이다.
단순한 그리움이 아니다. 잃어버린 것에 대한 애틋함, 다시 돌아올 수 없는 시간에 대한 애수 그리고 그럼에도 불구하고 그 시절을 사랑하는 마음이 모두 담겨 있다.

전쟁 전후 일본 화가들이 그린 도쿄는 바로 그런 '나츠카시이' 풍경이다. 화려하지 않지만 진실했던 시절, 가난했지만 따뜻했던 사람들, 단순했지만 충실했던 일상들.

지금의 도쿄는 세계에서 가장 발전된 도시 중 하나로 변모했다. 네온사인이 밤하늘을 밝히고, 고층 빌딩들이 하늘을 찌른다. 하지만 그 화려함 속에서 잃어버린 것들도 있다.

인간적인 온기, 이웃과의 정, 소소한 것에서 느끼는 행복.

그런 것들이 '나츠카시이' 풍경 속에 고스란히 남아 있다.

'아사쿠사' 그림 앞에서 멈춰 서는 손님들이 많은데, 특히 나이 드신 일본인 손님들의 반응이 인상적이다. 오랫동안 그림을 바라보다가 "아, 옛날이야…"라고 중얼거리시는 분들. 전쟁을 직접 경험하지 않았어도, 부모님이나 조부모님으로부터 들었던 이야기들이 떠오르는 모양이다. 할아버지 한 분은 이렇게 말씀하셨다.

"내 아버지가 장사를 하셨는데, 전쟁 후에 모든 것을 잃고 아사쿠사에서 다시 시작하셨지. 이 그림을 보니 아버지 생각이 나네."

그 순간 나는 깨달을 수 있었다. 이 그림은 단순한 풍경화가 아니라 집단 기억의 저장소라는 것을. 한 시대를 살았던 사람들의 삶이 고스란히 담겨 있는 역사의 증인이라는 것을.

나메키 마사요시는 왜 1946년의 아사쿠사를 그렸을까? 아름다운 것만 그리는 것이 예술가의 임무라면, 폐허가 된 도시를 그릴 이유는 없었을 것이다. 하지만 그는 아픈 현실을 직시하고 그것을 기록으로 남겼다. 예술가의 책임이었을 것이다. 이 시대를 살았던 사람으로서, 이 시간을 기억해야 한다는 사명감. 그리고 후세에게 전해야 한다는 의무감.

그림 속 화려하지 않은 색채는 우울하지만 동시에 연노란색 바탕과 사람들의 옷차림에서는 희망의 씨앗을 간직하고 있다. 가장 어두운 순간에도 사람들은 살아 있었고, 꿈을 꾸었고, 내일을 기다렸다.

미야마 여관을 운영하면서 자주 생각하는 것이 있다. 복원과 재건의 의미에 대해서. 전쟁으로 파괴된 것들을 다시 세우는 것. 하지만 똑같이 복원하는 것이 능사일까? 나메키 마사요시의 그림이 보여 주는 것은 다른 종류의 재건이다. 물리적 복원이 아니라 정신적 재건. 건물을 다시 짓는 것이 아니라 삶의 의미를 다시 찾는 것.

미야마 여관도 그런 의미에서 재건의 공간이 되었으면 하는 바람이다.

상처받은 마음을 세우고, 지친 영혼을 회복시키는 곳.

150여 점의 그림들이 그 재건에 조용히 기여하고 있기를……

1946년에 그려진 그림이, 이 여관에 와서 21세기의 사람들과 만나고 있다.

화가가 붓에 담았던 마음이 시공간을 넘어 전달되고 있는 것이다.

시간을 초월하는 힘, 과거와 현재, 그리고 미래를 연결하는 다리 역할을 하는 것이 예술의 힘이다. 1946년 아사쿠사의 풍경을 보고 사람들은 각자의 시대를 떠올린다. 각자의 상실을, 각자의 재건을, 각자의 희망을.

나는 이 그림들이 여관에서 하는 역할을 생각해 본다.

단순한 장식이 아니라 대화의 시작점이 된다.

손님들이 그림을 보고 자신의 이야기를 하기 시작한다.

부모님 세대의 이야기, 조부모님의 경험담, 가족사의 한 페이지.

그렇게 개인사와 역사가 만나고, 큰 역사 속에 묻혀 있던 작은 이야기들이 그림을 통해 되살아난다. 이것이 미야마 여관이 단순한 숙박업소가 아닌 이유다. 여기는 기억이 교차하는 공간이고,

이야기가 만나는 장소이다.

나메키 마사요시의 '아사쿠사'가 현재에 주는 의미는 무엇일까?

발전과 성장만이 능사가 아니라는 것, 때로는 멈춰서 돌아보는 것도 필요하다는 것,

그리고 가장 어려운 시기에도 인간의 존엄성은 사라지지 않는다는 것.

지금 우리가 사는 시대에도 나름의 어려움이 있다.

팬데믹, 경제적 어려움, 사회적 갈등.

하지만 1946년의 사람들이 그랬듯이, 우리도 이겨 낼 수 있으리라.

예술이 주는 위로가 바로 이것이다.

과거의 경험을 통해 현재를 이해하게 되고, 미래에 대한 희망을 갖는 것.

오늘도 누군가 이 그림 앞에 설 것이다.

각자의 방식으로 1946년의 아사쿠사와 만날 것이다.

나메키 마사요시가 붓에 담았던 마음이 오늘도 사람들과 만나고 있다.

시간과 공간을 넘어서 예술은 계속 살아 있다.

그림이 있는 여관에서 과거와 현재가 만나고, 기억과 희망이 어우러진다.

이곳에서는 단순히 그림을 바라보는 것이 아니라 우리 모두의 이야기와 역사가 화합하여 새로운 의미를 만들어 내고 있다. 그리고 그 순간들이 우리에게 허락된 소중한 시간이라는 것을 깨닫게 해 준다.

무라카미 히데오의 '구단'

모성이 그려 낸 생명의 찬가

미야마의 식당 벽 중앙에 무라카미 히데오(村上肥出夫, 1933~2018)의 '구단'이 걸려 있다. 1962년 도쿄의 모습을 그린 유화로, 이 그림이 특별한 이유는 단순한 풍경화가 아니라는 점 때문이다.

그림 속에는 아이를 업고 다니는 엄마의 뒷모습이 있다. 처음 이 그림을 봤을 때 나는 그 어머니의 모습에 시선이 고정되었다. 아이를 지키려는 듯 걸어가는 그 모습에 이루 말할 수 없는 감동을 받았다. 아직도 그 그림을 볼 때마다 생각이 든다. 어머니란 무엇인가를.

구단(九段)은 도쿄도 치요다구(東京都千代田区)에 있는 지역이다. 야스쿠니 신사(靖國神社)가 있는 곳으로 전쟁 전에는 군사적

상징성이 강했던 곳이다. 하지만 무라카미 히데오가 그린 1962
년 구단은 전쟁의 상흔이 아직 남아 있는 평범한 동네였다.

그림 속 어머니는 무슨 생각을 하며 걸어가고 있을까? 아마도
그날 저녁 식사 준비를, 아이의 건강을, 내일의 일상을 생각하고
있었을 것이다. 거창한 것이 아닌 소소하지만 소중한 일상의 걱
정들을. 전쟁은 끝났지만 아직 모든 것이 부족했던 시절. 그 어머
니의 행보에는 절망이 아닌 희망이 담겨 있다. 아이가 있기 때문
에, 지켜야 할 생명이 있으니까.

이 그림을 보는 사람들의 반응은 다양하다. 어떤 분은 자신의
어머니를 떠올리고, 어떤 분은 자신이 어머니였던 시절을 그리워
한다. 누구나 어머니에게서 태어나, 어머니의 사랑을 받으며 자
랐기 때문이다.

"엄마가 저를 업고 다녔던 기억이 나요."

어떤 손님이 조용히 말씀하셨다. 그는 60대였지만 그 순간만
큼은 엄마의 등에 업혀 있던 아이로 돌아간 듯했다. 또 다른 손님
은 눈물을 글썽이며 말씀하셨다.

"제가 아이를 키우던 때가 생각나네요. 힘들었지만 그때가 가장 행복했던 것 같아요."

무라카미 히데오가 이 그림을 그린 1962년도는 일본 여성에게 특별한 의미가 있는 해였다. 전쟁 중에는 나라를 위해 아들을 바치는 어머니가 이상향이었다. 전쟁이 끝나고 여성들은 다시 평범한 어머니로 돌아갈 수 있었다. 나라를 위해서가 아니라 아이 그 자체를 위해서 사랑할 수 있게 되었다. 그림 속 어머니의 걸음에서 그런 해방감이 느껴진다. 이제는 자식을 전쟁터에 보내지 않아도 되고 평화롭게 키울 수 있다는, 안도감과 기쁨이 화폭에 스며 있다.

그러나 동시에 현실적인 어려움도 있었을 것이다. 남편을 전쟁에서 잃은 여성들, 혼자서 아이를 키워야 하는 어머니들. 그들의 삶은 결코 쉽지 않았을 것이다.

그림을 자세히 보면 어머니의 등이 약간 굽어 있다. 아이의 무게 때문이기도 하지만 삶의 무게 때문이기도 할 것이다. 하지만 그 무게를 기꺼이 감당하는 것이 어머니이다. 사랑하기 때문에 무겁지 않다고 느끼는 것이 모성이다.

그림 속 어머니와 아이는 말을 하지 않는다. 하지만 그들 사이에는 깊은 소통이 있다. 어머니의 등에서 전해지는 온기, 아이가 어머니에게 기대는 신뢰, 언어가 필요 없는 완벽한 소통. 이것이 모성의 본질인 것 같다. 말로 설명할 수 없지만 확실히 존재하는 연결고리. 혈육을 넘어선 영혼의 유대.

마을 전체가 그들의 발자취를 기억하고 있다. 회색과 벽돌, 먼지와 바람, 파란 천, 노란 옷자락. 그 한가운데 도시를 견뎌 내는 한 사람의 모습이 있다.

도쿄 구단은 셀 수 없을 정도의 시간을 안고 있는 언덕이다.

전쟁의 연기와 폐허, 복구의 기계음과 붉은 지붕 그 사이를 지나 한 어머니가 아이를 업고 다닌다.

누군가는 이 도시를 설계하고, 누군가는 이 도시를 파괴하고, 누군가는 그 모든 것을 가만히 안고 지나간다. 그것이 어머니라는 존재다.

거대한 도시를 그린 것처럼 보이지만 그 중심에는 항상 걷는 사람이 있다. 그리고 그 사람이 어머니일 때 도시는 단순한 구조물이 아니라 살아 있는 기억의 기반이 된다.

어머니는 고개를 숙이고 걷는다. 도시는 그녀를 주목하지 않는다. 하지만 그녀가 걷지 않았다면 어떤 집도, 거리도, 삶도 제대로 설 수 없었을 것이다. 그녀의 등에 업힌 아이는 아직 세상을 모른다. 그 작은 등 뒤에서 그는 도시를 느끼고, 사람의 온기를 배우며, 자신이 어디서 왔는지를 알게 될 것이다.

그림 속 그 짧은 걸음 하나가 이 도시의 다음 세기를 지탱하고 있다는 것을 아무도 모른다.

나는 지금도 가끔 구단의 언덕이 생각난다.

눈에 띄지 않는 사람이 만들어 낸 도시, 묵묵히 걸어갔던 사람들의 기억, 그 사람의 뒷모습에 스며든 따뜻한 색깔.

그것이 무라카미 히데오의 진짜 풍경이었는지도 모른다.

도시란 어머니의 걸음으로 완성되는 것이니까.

도시 전경의 거대한 스케일과 거친 질감 속에서 인물은 매우 작고 연약해 보인다.

하지만 그 작고 선명한 존재 하나가 작품 전체에 생명감과 중심을 주었고, 이는 마치 작가의 말처럼 "도시는 사람이 사는 곳이며 결국 기억도 삶도 인간에 의해 존재한다"는 메시지를 담고 있다.

무라카미 히데오의 구단은 단순한 풍경화가 아니라 도시라는 생물의 감정적 초상화다.

도쿄라는 대도시의 기억, 시간, 삶의 장소를 되돌아보게 하는 힘을 가진다.

이 그림은 숙고하면 할수록 깊어지는 그림이다.

왜 이런 평범한 일상을 그렸을까? 전후의 혼란스러운 시기에 화가들은 대부분 역사적 사건이나 사회적 메시지를 담은 그림을 그렸다. 그러나 무라카미 히데오는 달랐다. 거창한 주제 대신 일상의 소중함을 선택했다. 아마도 전쟁을 겪으면서 평범한 일상이 얼마나 소중한지 깨달았을 것이다. 어머니가 아이를 업고 평화롭게 걸을 수 있다는 것, 그것만으로도 충분히 아름답고 의미 있는 일이라는 것을.

예술가의 진정한 역할은 거창한 것을 그리는 것이 아니라 사소한 것에서 의미를 찾는 것인지도 모른다.

그림에 나타난 인물은 확실히 움직이는 것처럼 보인다.

정면을 보지 않고 옆모습 혹은 뒷모습만 묘사되어 있다.

이는 누군가의 삶의 단면을 들여다보는 느낌을 준다.

이들은 작지만 분명 살아 있고, 어디론가 가고 있고, 도시 속에 속해 있지만 도시를 뛰어넘는 어떤 존재감을 가진다.

그 인물은 관람자인 우리를 직접 응시하지 않는다. 이 점에서 관람자는 오히려 남몰래 그 인물을 바라보는 관찰자가 된다. 그리고 그 인물을 바라보다 보면 우리 역시 스스로에게 묻게 된다.

"나는 이 거리에서 누구이며, 어디로 가고 있는가?"

이 중앙의 인물은 단순한 도시 풍경 속 요소가 아니라 '삶의 존재 증명'이자 '작가의 시선이 머문 지점'이다. 무라카미 히데오는 풍경을 그린 것이 아니라 그 풍경을 살아가는 '한 인간의 순간'을 바라보고, 그 응시를 통해 관람자인 우리에게도 자신의 존재를 되묻고 있는 것이다.

거리는 안개처럼 흩어지고 다시 벽돌처럼 쌓여 간다.

그 위에 한 사람이 있다. 그림 중앙에 황색 코트를 입은 작은 사람. 언뜻 보면 이 도시는 그를 집어삼킬 것처럼 거대하다.

사방이 무채색이고 건물은 서로 밀치듯 솟아 있으며 하늘마저 희미한 층으로 가라앉아 있다.

그러나 이상하게도 그 작은 사람 하나가 있음으로써 도시는 무너지지 않는다.

나는 도쿄의 구단을 몇 번 오르내리고 있었다.

언덕은 항상 숨이 차고, 해가 질 무렵에는 신사 너머로 거리의 그림자가 길게 드리워져 사람의 마음 깊은 곳까지 스며들었다.

그 언덕 위에서 도시는 작아졌고 사람은 작아지지 않았다.

무라카미 히데오는 그 장면을 기억하고 있었을까?

도시를 쓸고 있는 색깔은 모두 낡고 거칠고 두껍지만 그중 특히 인물은 뚜렷이 남아 있다.

파랑, 노랑, 흰색.

지우려고 해도 지워지지 않는 존재의 색처럼.

그림을 오래 보다 보면 어느새 나도 그 사람을 따라 걷고 있다.

회색 벽돌과 검은 그림자 사이에서 나는 스스로에게 묻는다.

나는 이 도시에서 누구였을까. 그리고 어디로 가고 있었을까.

답은 쉽게 오지 않는다.

하지만 도시가 나를 지워 버리기 전에, 누군가가 이렇게 나를 그려 줬으면 좋겠다. 익명의 사람이라고 해도 좋다.

다만 이 거대한 삶의 풍경 속에서 나도 분명히 살고 있었다는 증거로.

구단은 여전히 그 자리에 있다.

수많은 발자국이 지나간 자리, 그 위에 다시 붓질이 얹힌다.

그림 속 사람은 걷고, 나는 바라보고, 기억은 남는다.

그렇게 우리는 살아간다.

묵묵히 하지만 또렷하게.

도시라는 풍경 속에 우리라는 색깔을 남기고.

1962년에 그려진 이 그림이 현재도 감동을 주는 이유는 무엇일까?

모성은 시대가 변해도 변하지 않는 가치이기 때문이다. 기술이 발달하고 사회가 변해도 엄마가 아이를 사랑하는 마음은 그대로다.

오히려 현대사회가 복잡해질수록 이런 원초적 사랑이 더 소중해진다.

조건 없는 사랑, 계산 없는 헌신. 그것이 모성의 선물이다.

나는 매일 이 그림을 보면서 다짐한다.

미야마 여관을 찾는 모든 손님을 어머니의 마음으로 맞이하면, 지친 여행자들에게 집 같은 편안함을 줄 것이라고.

그림 속 어머니가 아이를 보살피듯이 나도 이곳에 머무는 모든 이를 따뜻하게 보살피고 싶다.

무라카미 히데오의 구단은 영원한 어머니의 모습이다.

시간이 멈춘 그 순간 어머니는 영원히 아이를 업고 걸어간다.

사랑으로, 희망으로, 미래를 향해.

그리고 그 모습을 보는 우리는 다시 한번 깨닫는다.

세상에서 가장 아름다운 것은 거창한 것이 아니라 일상의 사랑이라는 것을.

오늘도 누군가가 이 그림 앞에서 어머니를 생각할 것이다.

그리고 따뜻한 마음으로 하루를 시작할 것이다.

모성의 가치는 항상 우리 곁에 있으며, 서로에게 주는 사랑은 삶의 본질이라는 것을 잊지 말아야겠다.

그림 속의 어머니처럼, 우리 각자도 누군가에게 사랑과 희망을 전할 수 있는 존재라는 것을 기억하자.

오모이데 미술관

각자 다른 그림, 같은 마음의 울림

미야마 여관 곳곳에 걸린 150여 점의 그림들을 바라보며 생각한다. 이곳은 단순한 온천 여관이 아니라 하나의 미술관이다. 특별히 이름을 붙인다면 '오모이데 미술관', 추억의 미술관이라고 하고 싶다. 전후 일본 화가들이 남긴 작품들이 저마다의 이야기를 품고 있는 곳이다.

나메키 마사요시의 '아사쿠사', 무라카미 히데오의 '구단' 그리고 이름 없는 화가들의 소중한 작품들까지. 각각의 그림은 다르지만 그 앞에 서는 사람들의 마음에 울림을 선사하는 것은 놀라울 만큼 닮아 있다.

매일 아침 그림들을 돌아보는 것이 내 일과 중 하나다. 1층 현관의 풍경화부터 시작하여 식당, 복도, 객실까지 150여 점의 그림은 150여 개의 창문이다.

각각의 다른 시대, 다른 장소, 다른 감정을 들여다볼 수 있는 창문들.

어떤 그림은 전쟁 직후의 폐허를 그렸고, 어떤 그림은 평화로운 농촌을 담았다.

어떤 그림은 도시의 번화를, 어떤 그림은 시골의 고요를 보여준다.

화가마다 다른 시선으로 바라본 사람 살아가는 모습들이지만 그 어느 것도 감정의 본질에서는 벗어나지 않는다.

모든 그림에는 공통점이 있다.

삶에 대한 애정, 인간에 대한 이해 그리고 희망이라는 꺼지지 않는 작은 불씨를 담고 있다는 것.

흥미로운 건 손님마다 마음에 드는 그림이 다르다는 점이다.

어떤 분은 바다 그림 앞에서 한참을 머물고, 어떤 분은 인물화에 시선이 고정된다.

나이 드신 분들은 농촌 풍경을, 젊은 분들은 파리의 도시 풍경에 더 관심을 보인다.

신기한 것은 체크아웃할 때 나누는 대화이다. 선택한 그림은 달라도 느낀 감정은 비슷하다는 것이다.

"마음이 따뜻해졌어요."

"옛날 생각이 많이 났어요."

"고향이 그리워졌어요."

"가족이 보고 싶어졌어요."

그림은 다르지만 마음의 반응은 같다. 그것이 바로 예술이 주는 마법인 것 같다.

그림들을 그린 화가들도 각자 다른 배경을 가지고 있었을 것이다.

어떤 화가는 전쟁을 직접 경험했고, 어떤 화가는 전후에 태어났다.

어떤 화가는 도쿄 출신이고, 어떤 화가는 지방 출신이다. 그림을 배운 과정도, 그림을 그리는 이유도 모두 달랐을 것이다.

하지만 그들의 작품을 보면 공통된 무언가가 느껴진다.

삶을 포기하지 않는 의지, 아름다움을 발견하려는 노력, 미래에 대한 희망.

전쟁이라는 거대한 비극을 겪고도, 아니 그 때문에 더욱 간절하게 아름다움을 추구했던 것은 아닐까?

폐허 속에서도 꽃을 그리고, 절망 속에서도 웃음을 그렸던 것은 아닐까?

‘오모이데(思い出)’는 단순한 기억을 말하지 않는다. 그리움이 담긴 기억, 애틋함이 스며든 추억을 뜻한다. 잃어버린 것에 대한 그리움, 돌아갈 수 없는 시간에 대한 애수가 모두 담겨 있다.

손님들이 그림을 보며 떠올리는 것들도 바로 그런 추억들이다. 돌아가신 부모님, 고향의 풍경, 어린 시절의 추억, 첫사랑의 기억들.

그림마다 다른 추억을 불러일으키지만 그 감정의 질은 같다. 그리움, 애틋함 그리고 묘한 안정감.

미야마 여관을 ‘공감의 미술관’이라고도 부르고 싶다.

그림을 보는 사람들이 서로 다른 감동을 받지만 결국은 같은 인간적 감정으로 귀결되기 때문이다.

사랑, 그리움, 희망, 위안. 국적이 다르고 나이가 달라도 느끼는 감정은 비슷하다.

어떤 외국인 손님은 일본 그림을 보면서 자기 나라의 고향을 떠올렸다.

어떤 젊은 손님은 할머니 세대의 그림을 보면서 자신의 할머니를 그리워했다.

예술의 국경과 세대를 넘나드는 순간들이 아닐까!

미야마 오모이데 미술관의 가장 큰 역할은 치유다.

상처받은 마음을 어루만지고, 지친 영혼에게 위안을 주는 것.

그림 한 점이 때로는 어떤 말보다 더 큰 위로가 된다. 특히 혼자 온 손님들에게는 더욱 그렇다.

외로움을 달래러 온 분들이 그림을 보며 "혼자가 아니구나"라는 것을 느낀다고 한다.

같은 감정을 느꼈던 사람들이 이 세상에 많다는 것을 깨닫는다.

히마와리 시설에서 미술 시간을 좋아한다는 아들. 말 대신 그림으로 마음을 표현하는 아이가 언젠가 이곳에 와서 그림을 본다면 어떤 그림을 좋아할까?

어떤 그림 앞에서 멈춰 설까? 그리고 어떤 감정을 느낄까?

생각만 해도 마음이 따뜻해진다.

예술은 장애를 넘어선다. 말로 표현할 수 없어도 마음으로 느낄 수 있고, 눈으로 볼 수 없어도 영혼으로 감지할 수 있다. 그것이 예술의 진정한 힘이리라.

미야마 오모이데 미술관을 만들 수 있게 해 준 모든 분에게 감사를 드린다. 그림을 그린 화가들, 몇십 년 동안 그림을 모으고 소장해 주신 관장님, 이곳에서 감동을 받고 가는 손님들까지. 모든 분이 이 미술관의 일부이다.

특히 무명의 화가들에게 더욱 감사하다. 유명하지 않아도, 비싸지 않아도, 진심으로 그린 그림들이 지금도 사람들의 마음을 움직이고 있다. 예술의 진정한 가치는 가격이 아니라 감동에 있다는 것을 보여 주고 있다.

바람이 있다면 지금 이곳을 다녀가는 많은 사람에게 위안이 되어, 그분들이 이곳을 그리워하고, 이 여관에서 보고 느꼈던 감동이 그들만의 소중한 추억이 되어, 또 다른 누군가에게 전해져서, 따뜻함의 연쇄가 계속 이어지기를.

우리는 모두 같은 마음을 가지고 있다. 같은 마음의 울림이 있는 것이다.

사랑받고 싶고, 이해받고 싶고, 위로받고 싶은 마음.

아름다운 것을 보고 감동하고 싶고, 의미 있는 것을 경험하고 싶은 마음.

그림은 다르지만 마음은 같다.

추억은 다르지만 감정은 같다.

그것이 바로 인간이라는 존재의 아름다운 점이다.

오모이데 미술관에서 오늘도 그런 마음의 울림들이 조용히 울려 퍼진다.

150여 점의 그림이 150여 개의 마음과 만나면서.

여름 끝자락에서 마주한 현실
베토벤 피아노 협주곡 3번

온천 여관을 열고 거의 1년이 되어 갈 즈음, 첫 번째 여름 성수기를 무사히 넘기고 이제 가을의 문턱에 서 있던 시점이었다. 단풍이 서서히 물들기 시작한 산자락을 바라보며 생각했다. 고객의 후기도 좋았고, 예약도 꾸준히 들어오고 있었다. 모든 것이 궤도에 오른 것 같았다.

하지만 몸의 신호들은 점점 더 분명해지고 있었다. 처음엔 단순한 피로라고 생각했다. 여관 운영의 스트레스, 손님 응대의 긴장감, 1년 동안 쌓인 육체적 피로 때문이라고 스스로를 달랬다. 가슴 한쪽이 묵직한 느낌과 간헐적인 통증은 더 이상 무시할 수 없는 수준이 되었다.

마침내 병원을 찾았다. 혹시 모를 상황에 대비해 미리 검사를
받아 보자는 가벼운 마음이었다. 의사는 조직 검사를 해 보자고
했다. 그 순간 내 마음 한구석에 불안이 자리 잡았다. 결과는 일
주일 후에 나올 예정이었고, 그 일주일은 내 인생에서 가장 길고,
무거운 시간이었다. 여관의 일상은 그대로 흘러갔지만 내 마음은
계속 다른 곳에 있었다. 손님들을 맞이하면서도, 온천을 관리하
면서도, 머릿속에는 온통 결과만 맴돌았다.

"유방암입니다. 폐와 림프절로 전이가 된 상태입니다."

의사의 말이 귀에 들어오는 순간, 시간이 멈춘 것 같았다.

유방암 4기.

항암 치료.

이 단어들이 내 머릿속에서 메아리쳤다.

나는 의사의 입술이 움직이는 것을 보았지만 그 이후의 설명
은 마치 물속에서 들리는 소리처럼 희미했다.

"즉시 항암 치료를 시작해야 합니다. 9월부터 바로 시작하는
것이 좋겠습니다."

병원을 나서는 발걸음이 무겁기만 했다.

차에 올라 시동을 걸고, 무의식적으로 평소 듣던 클래식 음악을 켰다.

베토벤 피아노 협주곡 3번.

내가 가장 사랑하는 곡 중 하나였다.

1악장의 웅장한 오케스트라 서주가 시작되자 갑자기 눈물이 쏟아졌다.

피아노의 음률이 귀에 들어오는 순간, 나는 핸들을 잡은 채로 오열하고 있었다.

"다시는 이 음악도 들을 수 없게 되는 건가!"

그 순간, 인생이라는 것이 얼마나 덧없고 예측 불가능한지 절감했다. 1년 전만 해도 나는 온천 여관 개업을 준비하며 미래를 계획하고 있었다. 그러나 지금, 나는 생사의 경계에서 싸워야 하는 상황에 놓여 있었다.

베토벤의 음악은 계속 흘렀다. 2악장의 서정적인 멜로디가 내 마음을 어루만지는 듯했지만 동시에 이 아름다운 음악이 내게는 이별의 선율처럼 들렸다. 길가에 차를 세우고 한참을 울었다. 베토벤의 피아노 협주곡 3번이 끝나고, 이어서 4번이 이어졌지만 나는 더 이상 음악을 들을 수 없었다.

인생은 정말 한순간에 바뀌는 것이었다. 어제까지만 해도 여관의 가을 단풍 시즌 마케팅을 구상 중이었는데, 이제는 항암 치료 스케줄을 따라가야 하는 상황이 되었다. 하지만 나는 포기할 수 없었다. 1년 동안 정성껏 가꾼 미야마 온천 여관. 오모이데 미술관. 그리고 무엇보다 내 인생 자체를 포기할 수는 없었다. 베토벤의 음악을 다시 들을 수 있는 날이 올 것이라고, 그때는 지금보다 더 깊이 그 음악을 이해하고 사랑할 수 있을 것이라고 다짐했다.

9월 첫째 주부터 항암 치료를 시작했다. 의사 선생님은 적극적인 치료를 통해 충분히 희망적인 결과를 얻을 수 있다고 말씀하셨다. 4기라는 진단이 절망적으로 들리지만 최근 의학 기술의 발전으로 많은 환자가 좋은 상태를 보이고 있다는 것이었다.

처음 맞는 항암 주사. 병원 침대에 누워 링거를 맞으면서 창밖을 바라봤다. 나무들이 조금씩 가을빛으로 물들어 가고 있었다. 계절은 변해 가는데 내 인생은 어떻게 될까?

항암제의 부작용은 표적치료를 해서인지, 생각보다는 심하지 않았다. 하지만 메스꺼움, 구토, 설사, 극심한 피로감이 있었다. 항암 치료 2주 후부터 머리카락이 빠지기 시작했다. 거울을 볼 때마다 낯선 내 모습에 놀랐다.

그래도 여관은 계속 운영해야 했다. 운영일을 축소시켜 주말만 열기로 했다. 일주일에 한 번, 항암 치료를 받는 날을 제외하고는 손님들을 맞이했다. 가발을 쓰고, 화장으로 창백함을 가리고, 미소를 지으며.

어떤 손님들은 내 상황을 알고 격려의 메시지도 보내 주기도 했다. 몸은 힘들었지만 마음은 조금 달라져 있었다. 처음의 충격과 절망에서 벗어나 현실을 받아들이기 시작했다.

그리고 남은 시간, 얼마나 되든 최선을 다해 살기로 결심했다.

여관 운영도 예전만큼 완벽하게 할 수는 없겠지만 할 수 있는 만큼 최선을 다하기로.

손님들에게 여전히 편안함과 감동을 주고 싶었다.

암 선고를 받고 나서 하루하루의 의미가 달라졌다. 예전에는 당연하게 여겼던 것들이 모두 소중하게 느껴졌다. 아침에 눈을 뜨는 것, 온천물의 따뜻함을 느끼는 것, 손님들의 웃음소리를 듣는 것. 모든 것이 선물 같았다.

죽음을 의식하게 되니 삶이 더 생생해졌고, 역설적이지만 그것이 현실이었다.

여름 끝 8월의 진단, 9월의 항암 치료 시작.

그것은 끝이 아니라 새로운 시작이었다.

암과 함께 살아가는 인생의 새로운 장이 열린 것이다.

오늘도 나는 살아 있다.

베토벤 피아노 협주곡 3번을 들을 수 있다.

그것만으로도 감사하다.

죽음과 마주한 순간
삶이 말을 걸어오다

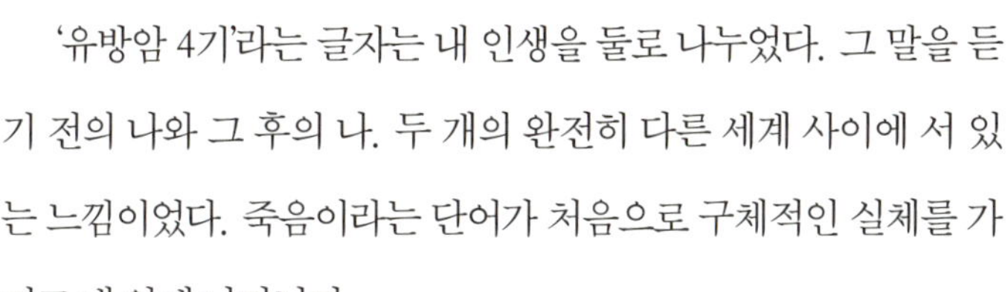

'유방암 4기'라는 글자는 내 인생을 둘로 나누었다. 그 말을 듣기 전의 나와 그 후의 나. 두 개의 완전히 다른 세계 사이에 서 있는 느낌이었다. 죽음이라는 단어가 처음으로 구체적인 실체를 가지고 내 앞에 나타났다.

"시간이 얼마나 남았나요?"

떨리는 목소리로 물었을 때 의사는 명확한 답을 주지 않았다. 아마도 답해 줄 수 없었을 것이다. 생명이란 그렇게 정확하게 계산될 수 있는 것이 아니니까.

하지만 그 순간 나는 깨달았다. 내가 영원히 살 것이라고 막연히 믿고 있었다는 것을. 하이데거가 말한 '죽음에 이르는 존재'

가 바로 나였다. 죽음은 먼 미래의 추상적 개념이 아니라 지금 여기서 나와 함께 호흡하고 있는 현실이었다.

암 진단을 받고 나서 시간에 대한 감각이 완전히 달라졌다. 예전에는 시간을 무한정 있는 것처럼 여겼다. 내일도 있고, 내년도 있고, 10년 후도 있을 것이라고. 그래서 오늘을 소홀히 하고, 중요한 것들을 미루고 살았다. 이제는 달랐다. 하루하루가 선물처럼 느껴졌다. 모든 순간이 마지막일 수도 있다는 생각이 들면서, 모든 것이 더욱 생생하고 소중하게 다가왔다.

역설적이게도 죽음을 의식하니 삶이 더 선명해졌다. 베르그송이 말한 '순간의 영원성'을 비로소 이해하게 되었다. 암이라는 진단 앞에서 나는 절대적으로 혼자였다. 아무리 많은 사람이 위로해 주고, 격려해 주어도 결국 이 병과 싸워야 하는 것은 나 혼자였다. 아무도 나 대신 아파 줄 수 없고, 아무도 나 대신 두려워해 줄 수 없었다. 키르케고르가 말한 '죽음에 이르는 병'이 바로 이런 것일까? 절망 속에서 홀로 서 있는 개인의 실존적 상황.

고독은 무서웠지만 동시에 나를 더 순수하게 만들었다. 더 이상 남에게 잘 보이기 위해 살 필요가 없었다. 가식과 허영을 벗어던지고, 진짜 나 자신과 마주할 수 있었다. 죽음을 앞두고 느끼는 불안은 일반적인 걱정과는 달랐다. 그것은 사르트르가 말한 '실존적 불안'이었다. 내 존재 자체에 대한 근본적 의문.

내가 왜 존재하는가?

내 삶에는 어떤 의미가 있는가?

죽음 이후에는 무엇이 남는가?

하지만 그 불안과 함께 이상한 자유감도 느꼈다. 어차피 시간이 한정되어 있다면, 더 이상 남의 눈치를 볼 필요가 없었다. 하고 싶은 말을 하고, 하고 싶은 일을 하고, 사랑하는 사람들에게 사랑한다고 말할 수 있었다.

죽음의 그림자가 역설적으로 삶의 자유를 가져다주었다.

불교에서 말하는 '무상(無常)'의 의미를 몸으로 느끼게 되었다.

모든 것은 변하고, 모든 것은 사라진다.

내 몸도, 내가 사랑하는 사람들도 언젠가는 모두 없어질 것이다. 그 사실이 처음에는 절망적으로 느껴졌다. 하지만 시간이 지나면서 생각이 달라졌다.

덧없기 때문에 더욱 소중하다는 것을.

영원하지 않기 때문에 더욱 아름답다는 것을.

벚꽃이 아름다운 이유도 금방 떨어져 없어지기 때문이리라.

내 삶도 그런 것 아닐까? 짧기 때문에 더욱 간절하고 유한하기 때문에 더욱 의미 있는 것이다.

항암 치료를 시작하면서 육체적 고통을 경험했다.

거울 속의 낯선 내 모습을 보며 울었다.

하지만 그 고통을 통해 다른 사람들의 아픔에 더 깊이 공감할 수 있게 되었다.

병원에서 만나는 다른 환자들, 여관에 와서 지친 일상의 피로를 달래는 사람들.

그들의 마음을 예전보다 훨씬 잘 이해할 수 있었다.

고통은 나를 이기적이게 만들 수도 있지만 동시에 더 큰 연민의 마음을 갖게 해 주었다.

가장 큰 위로는 여관의 150여 점의 그림들에게서 얻었다.

나메키 마사요시의 '아사쿠사'를 보면서, 전후 폐허 속에서도 사람들은 살아갔고, 절망적인 상황에서도 화가가 붓을 들었을 것을 생각했다.

무라카미 히데오의 '구단'을 보면서도 느꼈다. 어머니의 사랑은 어떤 시련 속에서도 변하지 않고, 생명을 지키고 키워 나가는, 존재의 가장 본질적인 의미라는 것을.

예술은 인간이 죽음을 초월하려는 의지의 표현이었다.

화가들은 죽었지만 그들의 작품은 여전히 살아 있었고, 그들의 영혼이 캔버스에 스며들어 영원히 사람들과 대화하고 있었다.

죽음을 앞두고 나서야 사랑의 진짜 의미를 알게 되었다.

히마와리 시설에 있는 아들을 생각하면서 깨달았다. 사랑은 소유가 아니라 존재 자체에 대한 긍정이라는 것을. 아들이 말을 못 한다고 해서, 나와 떨어져 있다고 해서 사랑이 줄어드는 것이 아니라는 것을.

사랑은 시간과 공간을 초월한다. 내가 죽어도 내 사랑은 아들 안에 남아 있을 것이다. 그것이 불멸의 진정한 의미가 아닐까?

삶의 의미는 영원히 사는 것이 아니라 주어진 시간 안에서 얼마나 충실하게 사느냐에 있다. 중요한 것은 양이 아니라 질이다.

'현재(現在)'라는 말이 영어로 'Present'인 것은 우연이 아닌 것 같다.

현재는 정말로 선물(Present)이다. 과거는 이미 지나갔고, 미래는 아직 오지 않았다.

내가 확실히 가지고 있는 것은 지금 이 순간뿐이다.

암 진단을 받기 전에는 현재를 미래를 위한 준비 단계로 여겼다. 하지만 이제는 현재 자체가 목적이라는 것을 안다.

지금 이 순간을 충실히 사는 것, 그것이 삶의 전부라는 것을.

예전에는 당연하게 여겼던 것들에 대해 깊이 감사했다.

감사는 나에게 새로운 종교였다.

신에게 드리는 감사만이 아니라 존재 자체에 대해 감사했다.

이 세상에 태어날 수 있었다는 것, 사랑할 수 있었다는 것, 아름다움을 경험할 수 있었다는 것에 대한 깊은 감사.

지금도 항암 주사 치료를 받고 있지만 진짜 삶의 시작으로 가식과 허영을 벗어던지고 진정한 나로 살기 시작한 순간부터 죽음을 의식하면서 삶을 더 깊이 사랑하게 된 순간까지의 항암 치료도 단순한 치료가 아니었다. 그것은 삶에 대한 의지의 표현이었고, 사랑하는 사람들과 더 오래 함께 하고 싶다는 간절함의 구현이었다.

결국 깨달았다. 존재한다는 것 자체가 기적이라는 것을.

수십억 년의 우주 역사 속에서 내가 이 시간, 이 공간에 존재할 확률은 거의 0에 가깝다.

그런데 나는 여기 있다. 생각할 수 있고, 느낄 수 있고, 사랑할 수 있는 존재로서.

암이라는 진단도 그 기적을 없애지는 못한다. 오히려 그 기적을 더욱 생생하게 느끼게 해 준다.

오늘도 나는 존재한다. 그것만으로도 충분히 감사하다.

죽음과 마주한 순간, 삶이 진짜 의미로 말을 걸어왔다.

그 목소리에 귀 기울이며, 나는 오늘도 살아간다.

여름의 마지막 불꽃

모든 것을 태우고 가는 계절의 끝에서

여름은, 결국 모든 것을 불태우고 사라지는 계절이다.

햇살도, 바람도, 나뭇잎도, 심지어 사람의 마음까지도 한순간 뜨겁게 달구고 나면, 어느새 조용히 뒷모습을 남기고 저편으로 걸어간다.

나는 지금 그 여름의 끝자락에 서 있다.

여관 마당에는 어느덧 벌레 우는 소리가 사그라지고, 방에 걸린 커튼은 조금씩 낮게 깔린 햇살에 길게 눕는다. 그리고 나는, 한 겹 더 깊어진 그림자 속에서 '살아 있는 나'를 조용히 응시한다. 유방암 4기 진단은 나를 뿌리부터 흔들어 놓았지만 동시에 삶을 다시 직선으로 정렬하게 만든 커다란 충격이었다.

처음엔 분노했다. 왜 하필 나인가? 왜 지금인가?

이제 여관이 자리를 잡아 가고, 150여 점의 그림들과 함께 작은 미술관으로 인정받기 시작했는데……

그다음은 슬펐다. 아들과의 시간, 여관에서의 하루하루, 손님들과 나누는 소소한 대화들.

모든 것이 한정되어 있다는 현실 앞에서 눈물이 멈추지 않았다.

그다음은 아주 조용해졌다. 폭풍이 지나간 후의 고요함처럼.

이제는 분명히 안다. 삶은 무언가를 이기거나 피하는 게 아니라 어떻게 받아들이고, 어떻게 살아 내느냐의 과정이라는 것을.

나는 그 과정 속에서 더 이상 도망치거나 감추지 않기로 했다.

그 대신 온몸으로 껴안고 불을 피우기로 했다. 암이라는 불청객을, 죽음이라는 그림자를, 그 모든 것과 함께 살아가야 하는 현실을.

니체가 말했듯이 '아모르파티(Amor Fati)'. 운명을 사랑하라. 피할 수 없으면 사랑하라. 바꿀 수 없다면 받아들이되 그냥 받아들이지 말고 온전히 껴안으라.

이것이 바로 실존의 본질이 아닐까? 주어진 조건을 원망하는 것이 아니라 그 조건 속에서 어떻게 가장 충실하게 살 것인가를 묻는 것.

밤이 오면 나는 여관 마당에 놓인 등불을 하나씩 켠다.

희미하지만 따뜻한 빛.

그 빛을 따라 복도 끝의 작은방에서 책을 읽는 손님, 욕탕에서 돌아와 커튼을 젖히는 중년 부부, 식당 벽의 그림 앞에 잠시 선 여행객.

모두 그 빛 안에서 조용히 살아가고 있다.

그리고 나도 그 빛 아래서, 나의 병과 삶을 함께 껴안고 있다.

등불의 철학을 생각한다. 빛은 어둠을 완전히 없애지는 못한다. 하지만 그 작은 빛만으로도 길을 찾을 수 있고, 서로의 얼굴을 볼 수 있고, 따뜻함을 나눌 수 있다.

삶도 그런 것 아닐까? 죽음이라는 거대한 어둠을 완전히 몰아낼 수는 없지만 작은 빛들로 그 어둠 속에서도 의미를 만들어 갈 수 있다.

어떤 날엔 유난히 땀이 많이 나는 밤이 있다. 진통제를 먹고, 가슴을 감싸 쥐고, 숨을 고르며 천천히 창을 열면 밤공기 속에서 여름의 마지막 열기가 내 몸을 스쳐 간다. 그 열기 속에서 나는 이렇게 중얼거린다.

"나는 아직 끝나지 않았다."

병이 나를 데려갈 수는 있어도, 나의 지금 이 순간까지는 침범할 수 없다.

이 여관에서 내가 정성껏 내린 차 한 잔, 내 손으로 정리한 이불 한 장, 그림 앞에서 흐느끼는 손님의 등을 조용히 바라보는 시간.

이 모든 것이 나의 '살아 있음'이다.

하이데거가 말한 '현존재(Dasein)'의 진정한 의미를 이제야 깨닫는다.

존재한다는 것은 단순히 숨을 쉬는 것이 아니라 지금 여기에서 완전히 현재 하는 것이다.

이 여름, 나는 삶의 가장 뜨거운 불속에서 내 존재의 중심을 다시 만났다.

이제 나는 더 이상 과거에 묶이지도 않고, 미래를 두려워하지도 않는다. 과거는 이미 지나갔고, 미래는 아직 오지 않았다. 내가 확실히 가지고 있는 것은 현재뿐이다.

베르그송이 말한 '순수 지속'을 체험한다. 시계의 시간이 아니라 의식의 시간, 양적 시간이 아니라 질적 시간. 암 진단을 받은 후의 하루가 예전의 한 달보다 더 깊고 진하다. 시간은 길이가 아니라 깊이다. 얼마나 오래 사느냐가 아니라 얼마나 깊이 사느냐가 중요하다.

나는 단지 지금, 내가 살아 있다는 이 찰나의 수난을 전부 내 것으로 살아 내고 싶다.

사르트르가 말한 '앙가주망(Engagement)'. 전적 투신. 더 이상 방관자로 살지 않겠다. 구경꾼으로 살지 않겠다.

주어진 상황에 완전히 몰입해서, 온 존재를 걸고 살아 내겠다.

암이라는 운명 앞에서도, 아니 그렇기 때문에 더욱 온전하게 살겠다.

반쪽짜리 삶이 아니라 전체의 삶을.

타협하는 삶이 아니라 치열한 삶을.

삶은 마치 등불 같다. 작고, 흔들리고, 금방 꺼질 수도 있다. 하지만 그 불꽃 하나로 누군가의 밤을 비출 수 있다면, 그것으로 충분하다. 이것이 바로 유한한 존재의 무한한 가능성이다. 크기는 작지만 의미는 클 수 있고, 시간은 짧지만 영향은 오래갈 수 있다.

이 작은 여관에서 만나는 손님들과 새로운 연대감을 느낀다.

모두 각자의 고민과 아픔을 안고 살아가는 사람들. 하지만 그림 앞에서, 온천 안에서, 따뜻한 차 한 잔을 나누면서 우리는 연결된다.

사회학자 뒤르켐이 말한 '연대'의 진정한 의미를 깨닫는다.

같은 조건이 아닌 다른 조건에 있으면서도 서로를 이해하려고 노력한 덕분에 생기는 연결감.

여름이 가면서 남긴 것들이 있다.

뜨거운 햇살은 그림들의 색깔을 더욱 선명하게 했고, 무더운 날씨는 온천의 시원함을 더욱 깊이 느끼게 했다.

그리고 암이라는 시련은 삶의 의미를 더욱 또렷하게 보게 해 주었다.

모든 것이 무의미한 것은 아니었다. 고통조차도 의미가 있었고, 슬픔조차도 가르침이 있었다.

이제 가을이 온다.

무르익음의 계절, 수확의 계절.

여름 동안 뜨겁게 자란 것들이 열매를 맺는 계절.

나도 이 여름 동안 깨달은 것들을 가을에 열매로 맺고 싶다.

사랑을 더 깊이 하고, 감사를 더 자주 표현하고, 현재를 더 충실히 살고 싶다.

남은 시간이 얼마나 남았든 상관없다. 중요한 것은 그 시간을 어떻게 채워 나가느냐다.

　여름의 마지막 불꽃이 꺼져 가지만 내 안의 불꽃은 이제 막 타 오르기 시작했다.

　생명의 불꽃, 사랑의 불꽃, 의미의 불꽃.

　그 불꽃으로 가을을 맞이한다.

　그 불꽃으로 내일을 향해 나아간다.

가을

성숙한 지혜의 깊이

가을의 문턱에서
슬픔과 깨달음 사이

가을이 시작되었다. 창밖으로 보이는 단풍나무의 잎들이 하나둘 색을 바꾸어가고 있다. 안톤 슈낙은 수필 '우리를 슬프게 하는 것들'에서 "울고 있는 아이의 모습은 우리를 슬프게 한다"라고 했다. 이런 작은 변화들이 우리 마음 깊은 곳에 은밀한 슬픔을 불러일으킨다.

커피잔에 생긴 얼룩, 시들어가는 꽃 그리고 내 앞에 놓인 이 낙엽 한 장을 보며 우리는 삶의 덧없음을 느끼게 된다.

일주일에 한 번씩 병원을 오가는 길에서, 나는 안톤 슈낙이 포착한 그런 일상적 슬픔들을 자주 마주한다. 병원 로비에 있는 시든 화분, 대기실 의자에 앉은 사람들의 피곤한 얼굴, 복도 끝에서 들려오는 누군가의 한숨. 이 모든 것이 슬픔을 담고 있지만 동시에 그 안에는 묘한 아름다움이 있다. 안톤 슈낙의 말처럼, 슬픔은 우리를 더욱 인간답게 만드는 감정이다.

주삿바늘이 혈관을 찾아 들어갈 때 나는 종종 톨스토이의 단편소설에 나오는 이반 일리치를 떠올린다. 그도 처음에는 자신에게 일어난 일을 받아들이지 못했다. 분노하고, 부정하고, 절망했다. 하지만 죽음을 앞둔 그가 마지막에 발견한 것은 무엇이었을까? 그것은 진정한 사랑과 연민, 의미 있는 삶이란 무엇인가에 대한 깨달음이었다.

항암 치료를 받으면서 나 역시 비슷한 과정을 겪는다. 처음에는 왜 하필 나에게 이런 일이 일어났을까 하는 원망과 두려움이 컸다. 하지만 시간이 지나면서 이 과정이 단순히 견뎌 내야 할 고통이 아니라는 것을 깨달았다.

이반 일리치가 하인 게라심의 순수한 돌봄을 통해 인간적 따뜻함을 경험했듯이, 나 역시 간병해 주는 가족의 사랑, 의료진의 정성 그리고 함께 치료받는 환우들과의 연대감 속에서 삶의 새로운 의미를 발견하고 있다.

가을은 죽음의 계절이라고 말하는 이들도 있다. 나뭇잎들이 떨어지고, 꽃들이 시들고, 모든 것이 겨울을 향해 준비하는 시간이다.

하지만 이 죽음은 진정한 끝이 아니다. 떨어진 잎들은 땅을 비옥하게 만들고, 시든 꽃들은 내년을 위한 씨앗을 남긴다.

가을의 변화는 소멸이 아니라 새로운 생명을 위한 준비 과정이다.

항암 치료도 마찬가지이리라. 독한 약물이 몸속의 나쁜 세포들을 파괴하는 동시에, 건강한 세포들에게도 상처를 입힌다. 머리카락이 빠지고, 몸이 약해지고, 때로는 견디기 힘든 고통이 찾아온다. 하지만 이 모든 과정은 새로운 건강을 되찾기 위한 필수적인 단계다.

가을 나무가 잎을 떨어뜨리면서 겨울을 준비하듯이, 나도 지금의 고통을 통해 새로운 삶을 준비하고 있는 것이다.

안톤 슈낙은 슬픔을 회피하거나 극복해야 할 대상이 아니라 삶의 깊이를 더해 주는 소중한 감정으로 바라본다. 나 역시 치료 과정에서 느끼는 슬픔과 고통을 그렇게 받아들이려 한다. 이 감정들이 나를 더 섬세하게 만들고, 다른 사람들의 아픔에 더 깊이 공감할 수 있게 해 준다.

이반 일리치가 죽음 앞에서 마지막에 얻은 평화처럼, 나도 이 과정을 통해 이전에는 느끼지 못했던 내적 고요를 경험한다.

병원에서 돌아오는 길에 바라본 노을이 유독 아름다워 보이고, 가족과 함께 하는 평범한 저녁 시간이 더없이 소중하게 느껴진다.

고통이 나를 더 예민하게 만들었지만 동시에 삶의 작은 기쁨들을 더 깊이 느낄 수 있게 해 주었다.

가을이 깊어갈수록 나뭇잎들은 마지막 아름다움을 뽐내며 떨어지고, 나는 또 다른 치료 일정을 앞두고 있다.

안톤 슈낙의 일상적 슬픔과 톨스토이의 실존적 깨달음이 만나는 지점에서, 나는 이 가을을 그냥 지나치지 않을 것이다.

매주 반복되는 치료 과정은 내게 새로운 시간의 리듬을 선사했다. 예전의 바쁜 일상에서는 놓쳤던 계절의 변화를, 하늘의 색깔을, 바람의 온도를 이제는 섬세하게 느낄 수 있다.

이것이 병이 준 선물일까 아니면 고통이 가져다준 지혜일까.

어쩌면 둘 다 일지도 모른다. 중요한 것은 지금 이 순간, 가을의 문턱에서 나는 이전보다 더 깊이 살아가고 있다는 것이다.

슬픔을 회피하지 않으면서도 희망을 놓지 않는 법을, 고통을 받아들이면서도 삶의 의미를 찾아가는 법을 배우고 있다.

내년 가을이 왔을 때 나는 어떤 모습일까?

아마도 지금보다 더 강해져 있을 것이다. 하지만 동시에 더 부드러워져 있을까.

가을 잎이 떨어지듯 자연스럽게, 이반 일리치가 마지막에 얻은 평화처럼 고요하게 그리고 안톤 슈낙이 포착한 일상의 슬픔들을 아름다움으로 승화시킬 수 있는 사람이 되어 있기를 바라본다.

지금 이 가을은 끝이 아니라 새로운 시작이다.

치료도 마찬가지다.

모든 것이 변하고 있고, 나도 변하고 있다.

그리고 그 변화는 분명히 더 나은 방향을 향하고 있다.

스가노 게이스케의 '가을'
마지막 빛으로 피어나는 계절

미야마 여관 1층 로비 한쪽 벽에 걸린 스가노 게이스케(菅野圭介, 1909~1963)의 '가을'.

가을은 떠나는 계절이 아니라 가장 마지막에 피어나는 계절이다.

스가노 게이스케의 그림 앞에 서면, 그 말이 새삼스럽게 떠오른다. 그의 가을에는 떨어지는 낙엽도, 바람에 흔들리는 억새도 없다. 대신 캔버스를 뚫고 나올 듯한 강렬한 붉은빛, 끝내 스스로를 태우듯 피어나는 어떤 생명의 형상이 있다. 그것은 꽃일 수도 있고, 열매일 수도 있으며 혹은 인간의 마음 그 자체일지도 모른다.

나는 그 붉은 덩어리 앞에서 항상 시선이 멈춘다.

붓질은 격렬하지만 그 속엔 담담함이 있다. 무언가를 끝내는 사람만이 보여 줄 수 있는 고요한 결의 같은 것.

그것은 생의 마지막에서 피어나는 뜨거운 꽃이며, 꺼지기 전 가장 밝게 타오르는 불빛 같다.

가을은 종종 '쓸쓸한 계절'로 불린다. 하지만 스가노 게이스케의 가을은 쓸쓸하지 않다.

오히려 이 계절만이 품을 수 있는 깊이와 감정의 농도를 끌어올린다. 빛이 너무 강해 어둠으로 빨려 들어가듯 생이 너무 충만해 끝을 준비하는 것처럼 보이기도 한다.

스가노 게이스케의 붓끝에서 가을은 소멸이 아닌 완성이다.

그가 화폭에 쏟아낸 붉은빛은 단순한 색채를 넘어선다. 그것은 한 해의 모든 에너지가 수렴되어 폭발하는 순간이며, 생명이 자신의 마지막 가능성을 시험하는 격렬한 의식이다.

화가는 이 순간을 포착하기 위해 붓을 들었고, 캔버스 위에서 계절과 함께 연소했다.

작품 속 형상들은 명확한 윤곽을 갖지 않는다. 그것들은 서로 번지고 겹치면서 하나의 거대한 생명체를 이룬다.

이는 가을이 개별적인 존재들의 집합이 아니라 하나의 통합

된 에너지라는 것을 보여 준다.

나무도, 꽃도, 하늘도 모두 같은 붉은 맥박으로 뛰고 있다.

나는 때때로, 삶이 가을과 닮았다고 느낀다.

어떤 이별을 앞두고, 어떤 변화의 기로에 서 있을 때 우리는 알게 모르게 마지막 꽃을 피운다.

말을 아끼고, 마음을 비우고, 대신 가장 뜨거운 무언가를 남기려 한다.

그것이 눈에 보이는 결실이든 아무도 모르게 타오르는 내면이든 말이다.

스가노 게이스케의 '가을'은 바로 그 순간을 그렸다.

사라지기 전 가장 아름다운 모습으로 피어나는 것들의 마지막 춤을.

그의 화폭에서 가을은 죽음을 향해 나아가는 것이 아니라 죽음 앞에서 더욱 강렬하게 살아나는 것이다.

화가 자신도 그러했을 것이다. 붓을 쥔 손에 전해지는 가을의 온도를, 그 뜨거운 마지막을 온몸으로 받아들이며 그림을 그렸을 것이다.

그래서 이 작품 앞에서 나는 가을을 보는 것이 아니라 가을을 살고 있는 것이다.

스가노 게이스케의 붓질에는 독특한 리듬이 있다. 거칠면서도 절제되고, 격정적이면서도 명상적이다.

그것은 가을이라는 계절의 양면성을 그대로 드러낸다. 표면으로는 모든 것이 끝나가는 것처럼 보이지만 그 깊은 곳에서는 가장 본질적인 생명력이 응축되고 있다.

작품 속 붉은빛은 시간이 농축된 형태이며, 계절이 자신의 정체성을 드러내는 방식이다.

봄의 연둣빛이 희망이라면, 여름의 초록빛이 생명력이라면, 스가노 게이스케의 가을은 완성된 존재의 불꽃이다.

스가노 게이스케는 그 순간을 그렸다.

피어나는 것과 사라지는 것, 그 모호한 경계의 진실을.

누군가는 '가을이 슬프다'라고 말하지만 나는 이 그림 앞에서 이렇게 말하고 싶다.

"가을은, 끝이 아니라 절정이다."

그의 가을은 우리에게 새로운 시각을 제시한다. 소멸을 앞둔 것들이 보여 주는 마지막 아름다움에 대해 그리고 그 아름다움이 결코 덧없는 것이 아님을, 오히려 그것은 가장 진실한 모습이며, 가장 완전한 형태의 존재임을.

스가노 게이스케의 '가을'은 단순히 한 계절을 그린 그림이 아니다.

그것은 삶의 본질에 대한 깊은 성찰이며, 마지막 순간에 피어나는 생명의 찬가이다.

내가 이 작품 앞에서 느끼는 것은 가을의 쓸쓸함이 아니라 완성된 존재의 장엄함이다.

그래서 나는 이 그림을 볼 때마다 생각한다.

진정한 가을은 무엇을 잃는 계절이 아니라 무엇을 완성하는 계절이고, 그 완성의 순간이야말로 가장 뜨겁고 아름다운 순간이다.

이 그림을 통해 많은 것을 배웠다.

서두르지 않는 삶의 가치와 계절의 변화를 즐기는 여유를,

나이 드는 것을 두려워하지 않는 마음을.

가을은 끝이 아니라 완성이다.

모든 과정을 거쳐 도달한 성숙의 계절로, 그런 관점에서 보면 나이 듦도 두렵지 않다.

오히려 기대된다.

스가노 게이스케의 '가을'은 영원한 가을이다.

그림 속의 계절은 변하지 않는다. 언제나 그 자리에서 시간이

정지된 평화로운 순간을 보여 준다.

그 영원한 가을이 우리에게 말한다.

모든 계절에는 각각의 아름다움이 있으며, 인생의 모든 시기에는 나름의 의미가 있음을.

오늘도 누군가 이 그림 앞에서 가을의 아름다움을 발견할 것이다. 그리고 그들은 각자의 방식으로 자신만의 가을을 마주할 것이다.

이처럼 스가노 게이스케의 '가을'은 삶의 본질과 성숙에 대한 깊은 성찰을 담고 있다.

그의 작품은 우리가 가을을 바라보며 느낄 수 있는 복잡한 감정의 스펙트럼을 아름답게 표현하고 있다.

그림 앞에 서면 우리는 삶의 모든 과정이 아름답고 의미 있다는 것을 깨닫는다.

시간을 초월한 이 작품에서, 우리는 영원히 피어나는 가을의 꽃을 느끼고, 그 속에서 자신만의 의미를 찾게 되는 것이다.

나는 누구인가

가을이 묻고 내가 답하다

"나는 누구인가."

이 짧고 간단한 질문 앞에서 나는 종종 말문이 막힌다. 이름과 나이를 말하고, 어디에 사는지, 어떤 일을 하는지 줄줄이 늘어놓아도…… 그것이 정말 나를 설명하는 것일까?

가을이 깊어지는 어느 날, 불쑥 이런 질문이 내 안에서 일어났다. 잔뜩 물든 나뭇잎처럼, 나도 오랜 시간 속에서 조금씩 색이 바래고 흔들리며, 그동안의 나를 되돌아보게 된다.

이름도, 가족도, 병력도, 역할도 다 떼어 냈을 때 그 안에 남는 '진짜 나'는 누구인가.

"존재는 본질에 앞선다."

사르트르는 말했다. 우리는 먼저 존재하고, 그 후에 어떤 사람이 될지를 선택하며 살아간다고. 이 말이 처음엔 어렵게 느껴졌지만 시간이 지나며 조금씩 가슴에 스며들었다.

나는 고정된 본질이 아니라 살아가며 내가 만들어 내는 '행동'과 '선택'으로 이루어진 존재라는 것을 깨달았다.

내가 아픈 몸으로도 삶을 이어가고, 온천 여관을 운영하며 웃음을 짓고, 하루하루 글을 쓰고, 아이를 걱정하고, 친구들과 차를 마시는 이 모든 순간이 바로 '나'라는 존재의 증거라는 걸 이제는 알 것 같다.

영화 〈굿 윌 헌팅〉에서 가장 잊히지 않는 장면이 있다. 주인공 윌이 치료사 숀과 마주 앉아, 깊숙이 감춰온 상처를 꺼내는 장면. 숀이 반복해서 말한다.

"It's not your fault. It's not your fault(너 때문이 아니야. 너 때문이 아니야)."

처음엔 윌도 웃으며 넘기지만 반복되는 그 말 끝에 결국 눈물이 터진다. 자신을 향한 원망과 분노, 두려움과 무기력함이 무너져 내린다. 그 장면을 보며 나도 따라 울었다. 나 역시 내게 그런 말을 해 주고 싶었던 순간이 있었다.

"너 때문이 아니야."
"넌 괜찮아."
"너는 살아 있는 것만으로 충분해."

그 순간 나는 알았다. '나는 누구인가'라는 질문에는 어쩌면 정답이 없다. 다만 그 질문을 포기하지 않고 마주하려는 태도, 있는 그대로의 나를 받아들이려는 마음 그 자체가 바로 '나'였다.

단풍이 절정에 달한 오늘, 나는 공원을 천천히 걸었다. 바람에 흔들리는 나뭇잎들을 보며 문득 깨달았다. 나뭇잎이 떨어지는 것을 슬퍼할 필요는 없다는 것을. 그것은 끝이 아니라 새로운 시작을 위한 준비였다.

나도 마찬가지가 아닐까. 내가 지금까지 버리고 떠나보낸 것들, 잃어버린 것들, 포기한 것들이 있다. 하지만 그 모든 것이 지금의 나를 만들어 왔다.

상처도, 기쁨도, 실패도, 성공도 모두 내 안에서 발효되어 지금의 나라는 존재를 빚어 냈다.

가을은 나에게 '놓아줌'의 미학을 가르쳐 주었다.

꽉 붙잡고 있던 것들을 놓아주는 것이 때로는 더 큰 자유를 가져다준다는 것을.

내가 누구인지에 대한 명확한 답을 찾으려 애쓰기보다는, 그 불분명함 속에서도 살아가는 나 자신을 인정하는 것이 더 중요하다는 것을.

아침마다 일어나 거울 앞에 선다.

거기엔 여전히 많은 것이 불분명한 사람이 서 있다. 때로는 확신에 차 있고, 때로는 의심투성이인 사람.

누군가를 사랑하고, 누군가에게 상처받고, 또 누군가를 용서하며 살아가는 평범한 사람.

하지만 이제 그 불완전함이 두렵지 않다. 내가 완벽하지 않다는 것, 아직도 성장하고 있다는 것, 매일 새로운 선택을 하며 나를 만들어 가고 있다는 것이 오히려 위안이 된다.

나는 누구인가?

나는 아직도 그 질문을 끌어안고 산다. 어쩌면 평생에 걸쳐 찾아가는 여정인지도 모른다.

하지만 지금 이 순간, 나의 글을 읽고 있는 당신에게 이렇게 말하고 싶다.

"나는 살아가는 나 자신이다. 그리고 그걸 멈추지 않는 한 나는 아직 끝나지 않았다."

가을은 나에게 늘 그런 계절이다.

모든 게 저물고 흩어지는 듯하지만 그 안에는 내가 나로 존재할 수 있었던 깊은 시간들이 고스란히 담겨 있다.

그리고 지금, 이 글을 쓰고 있는 순간에도 나는 여전히 나를 찾아가고 있다.

키보드 위에서 춤추는 손가락들, 머릿속에서 정리되는 생각들, 가슴 깊은 곳에서 울려 오는 진심들.

이 모든 것이 지금 이 순간의 나를 증명한다.

나는 누구인가? 어쩌면 이 질문 자체가 답일지도 모른다. 끊임없이 자신을 돌아보고, 의심하고, 찾아가려 하는 그 마음 자체가 바로 살아 있는 증거이자, 내가 나인 이유가 아닐까!

낙엽이 떨어지는 소리를 들으며, 나는 오늘도 나를 찾아가는 여행을 계속한다. 그리고 그 여행 자체가 바로 나라는 존재의 가장 소중한 의미라는 것을 안다.

단풍 속에 흐르던 시간
무르익음의 철학

가을이 깊어지면 나는 유독 단풍을 찾는다. 관광지가 아닌 사람들이 많이 모이지 않는 조용한 길.

모든 나무가 경쟁하듯 붉고 노랗게 물드는 풍경이 아니라 빛의 그림자가 어우러지는, 조금은 쓸쓸하고 조금은 아늑한 곳.

사람들은 흔히 가을의 화려함을 찾는다. 인스타그램에 올릴 만한 완벽한 단풍 터널, 붉은 카펫처럼 갈린 낙엽 길.

하지만 내가 찾는 것은 그런 완벽한 아름다움이 아니다. 오히려 아직 푸른 잎과 노랗게 물든 잎이 어색하게 공존하는 그 경계선.

반쯤 떨어진 나뭇가지 사이로 스며드는 오후의 기울어진 햇빛. 그 불안전한 아름다움 속에서 나는 비로소 호흡할 수 있다.

왜 우리는 완벽한 것보다 미완성인 것에 마음이 끌리는 것일까?

아마도 그것이 우리 자신의 모습과 닮아 있기 때문일 것이다. 완전히 물들지도, 완전히 떨어지지도 않은 채 시간의 흐름 속에서 서서히 변화하는 나뭇잎들.

그 모습 속에서 나는 나 자신을 발견한다.

야마가타에 처음 정착했을 때도 그랬다. 말이 통하지 않던 시절, 낯선 사람들 틈에서 조용히 길을 걸었다.

가을이면 집 근처 신사까지 이어지는 오솔길에 단풍이 흐드러졌다.

하늘은 서늘하게 맑았고, 바스락거리는 낙엽 소리에 마음이 가라앉았다.

언어가 통하지 않는다는 것은 단순히 대화가 불편한 정도를 의미하지 않는다. 그것은 자신의 정체성이 흔들리는 경험이다.

모국어로 생각하고, 모국어로 꿈꾸던 나는 갑자기 아무것도 말할 수 없는 사람이 되었다. 내 안의 수많은 감정과 생각이 적절한 언어를 찾지 못해 공중에 떠돌았다.

그럴 때 단풍길은 내게 완벽한 피난처였다.

나무들은 일본어도, 한국어도 하지 않았지만 그들의 언어는 내게 친숙했다.

색깔의 언어, 바람의 언어, 계절의 언어.

그 보편적인 언어 속에서 나는 다시 나 자신이 될 수 있었다.

일본의 가을은 한국의 가을과는 달랐다. 습도가 낮아 공기가 더 맑았고, 산의 능선이 더 부드러웠다.

하지만 단풍이 주는 그 근본적인 감정만큼은 동일했다. 시간의 흐름에 대한 인식, 변화에 대한 수용, 그리고 그 모든 것을 관통하는 어떤 슬픔과 아름다움의 공존.

그 길을 걸을 때마다 이상하게도 시간이 천천히 흘렀다. 늘 바쁘게만 돌아가던 하루가 그 순간만은 멈춘 듯했다.

현대인의 시간은 대부분 직선적이다. 목표를 향해 달려가는 화살 같은 시간. 효율성과 생산성으로 가득 찬 시간.

하지만 자연의 시간은 다르다. 그것은 순환적이고 유기적이다. 봄에 피어나 여름에 무성해지다가 가을에 물들고, 겨울에 스러지는 그 영원한 반복의 시간.

단풍길에서 나는 자연의 시간에 동조한다. 발걸음은 저절로 느려지고, 숨은 깊어진다.

급하게 다음 장소로 이동하려는 마음 대신, 지금 이 순간에 머무르려는 마음이 든다. 그럴 때 나는 비로소 '지금 여기'에 존재한다.

이것은 명상과 비슷한 경험이다. 단지 앉아서 하는 명상이 아니라 걸으면서 하는 명상.

한 발 한 발 내디딜 때마다 대지를 느끼고, 한 번 한 번 숨을 쉴 때마다 공기의 냄새를 맡는다.

그 반복 속에서 마음의 소음들이 점점 사라진다.

몇 해 전, 병원에서 진단을 받고 난 후 처음으로 외출해서 걸은 곳도 단풍길이었다. 마스크로 얼굴을 반쯤 가린 채 몸은 여전히 무거웠지만 단풍 아래에서 나는 한참을 멈춰 서 있었다.

질병은 우리에게 시간의 유한함을 일깨워 준다. 무한히 계속될 것 같았던 일상이 사실은 얼마나 소중하고 덧없는 것인지를 깨닫게 된다. 그 순간 내가 서 있던 단풍길은 단순한 산책로가 아니라 생명과 죽음, 건강과 질병, 과거와 미래가 교차하는 철학적 공간이었다.

나무들은 아무 말도 하지 않았지만 그 조용한 풍경이 내게 말을 걸었다.

"괜찮아. 너는 지금 여기 있어."
"시간은 멈춘 게 아니라 조금 다른 결로 흐르고 있어."

그 메시지는 위로였고 동시에 깨달음이었다. 나는 그동안 시간을 잘못 이해하고 있었다.

시간을 정복하려 했고, 시간을 효율적으로 사용하려 했다. 하지만 시간은 정복할 수 있는 것이 아니라 함께 흘러가야 하는 것이었다.

강물을 거슬러 올라가려 할 것이 아니라 그 흐름에 몸을 맡기고 그 속에서 의미를 찾아야 하는 것이었다.

병원에서 나온 후의 세계는 이전과 같으면서도 달랐다.

같은 길, 같은 나무, 같은 하늘이었지만 그것들을 보는 내 눈이 달라졌다.

예전에는 무심코 지나쳤던 것들이 이제는 각각 고유한 의미를 지니고 있었다.

한 잎의 단풍도, 한 줄기의 바람도, 한순간의 햇빛도.

그 이후로 나는 단풍을 보며 시간을 느낀다. 사람의 인생에서도 단풍처럼 물드는 시기가 있다.

누군가는 그것을 '노화'라고 부를지 모르지만 나는 그것을 '무르익음'이라고 부르고 싶다.

우리 사회는 젊음을 숭배한다. 빠른 것, 새로운 것, 역동적인 것을 선호한다. 하지만 자연은 다른 지혜를 가르쳐 준다.

가장 아름다운 순간은 생명력이 정점에 달했을 때가 아니라 그것이 서서히 변화하기 시작할 때이다.

봄의 연둣빛도 좋지만 가을의 황금빛은 그것과는 다른 깊이를 지니고 있다.

인생의 무르익음도 마찬가지다. 그것은 단순히 나이가 들어가는 과정이 아니라 경험이 축적되고 지혜가 쌓여 가는 과정이다.

실수와 실패, 상처와 치유, 만남과 이별을 통해 우리는 점점 더 깊은 색깔로 물들어 간다.

그 과정에서 우리는 외적인 화려함 대신 내적인 풍요로움을 얻는다.

화려한 여름이 지나고, 성급한 겨울이 오기 전 가을은 우리에게 이렇게 묻는다.

"그동안 어떻게 살아왔니?"
"이 시간들을 어떻게 기억하고 싶니?"

이 질문들은 단순한 회고가 아니라 존재론적 탐구다. 가을이 주는 성찰의 시간 속에서 우리는 자신의 삶을 돌아보게 된다. 무엇을 얻었고 무엇을 잃었는지, 무엇을 소중히 여기며 살아왔는지 그리고 앞으로 무엇을 위해 살아갈 것인지.

여름은 활동의 계절이다. 햇빛은 강렬하고 생명력은 넘친다. 우리는 바쁘게 움직이고, 열정적으로 살아간다. 하지만 그 열정 속에서 우리는 종종 자신을 잃는다. 목표에 매달리고, 성과에 집착하며, 끊임없이 앞으로만 달려간다.

겨울은 정적의 계절이다. 모든 것이 얼어붙고, 생명력은 땅속 깊이 숨어든다. 우리는 집 안에 머무르며, 내면을 들여다본다. 하지만 그 정적 속에서 우리는 때로 절망에 빠지고, 추위와 어둠 속에서 우리는 길을 잃는다.

가을은 그사이의 계절이다. 여름의 열정과 겨울의 성찰이 만나는 지점. 활동과 정적, 외향과 내향, 성장과 쇠퇴가 균형을 이루는 시간. 그래서 가을은 가장 철학적인 계절이다.

나는 대답하듯 걷는다. 낙엽을 밟고, 하늘을 올려다보고, 숨을 깊게 들이쉬며, 그 속에 흘러간 수많은 시간이 고요하게 나를 안아 준다. 비워 낸 자리마다 또렷이 남아 있는 감정들처럼.

걷기는 인간의 가장 원초적인 행위 중 하나다. 우리는 걷기를 통해 세상을 탐험하고, 자신을 발견한다.

걷기는 단순히 한 곳에서 다른 곳으로 이동하는 것이 아니라 시간 속에서 공간을 경험하는 것이다.

그리고 그 경험을 통해 우리는 존재의 의미를 찾아간다.

단풍길에서의 걷기는 계절의 변화를 온몸으로 느끼는 경험으로 특별하다.

발바닥으로 전해지는 낙엽의 촉감, 코끝으로 스며드는 가을

공기의 냄새, 귀로 들리는 바람 소리와 새소리.

오감을 통해 자연과 교감하는 그 순간, 우리는 복잡한 일상에서 벗어나 본질적인 것들과 만난다.

그 걸음걸음마다 나는 과거를 되돌아보고 미래를 상상한다.

어린 시절의 가을, 청춘의 가을 그리고 앞으로 맞이할 가을들.

각각의 가을은 서로 다른 의미를 지니고 있지만 그 모든 것이 연결되어 하나의 큰 서사를 만들어 간다.

비워 낸 자리마다 또렷이 남아 있는 감정들.

우리는 살아가면서 많은 것을 잃는다. 사람도, 꿈도, 건강도, 젊음도. 그 상실들은 우리 안에 빈 공간을 만든다.

하지만 그 빈 공간이 단순한 공허함에 그치지 않는다. 오히려 그곳에는 그 무엇보다 선명한 기억들이 자리 잡는다.

단풍잎이 떨어진 나뭇가지를 보면, 그 빈 공간에서 나는 이미 떨어진 잎사귀들의 모습을 본다. 그것들이 푸르던 시절, 햇빛을 받아 반짝이던 시절의 기억이 그곳에 스며 있다. 상실은 끝이 아니라 다른 형태의 존재다.

사람의 삶도 마찬가지다. 우리가 놓아 보낸 것들, 뒤에 남겨 둔 것들은 사라지는 것이 아니라 우리 안에서 다른 방식으로 존재한다. 그것들은 기억이 되고, 지혜가 되고, 때로는 아픔이 되기도 한다. 하지만 그 모든 것이 모여 지금의 우리를 만든다.

내게 가을은 그냥 계절이 아니라 살아온 시간과 마주하는 풍경 속의 대화다.

이 대화는 일방적이지 않다. 나는 자연에게 말을 걸고, 자연은 나에게 답한다.

나는 과거에게 질문하고, 과거는 현재의 나를 통해 응답한다.

나는 미래를 꿈꾸고, 미래는 지금 이 순간의 선택들을 통해 모습을 드러낸다.

이 대화는 언어로 이루어지지 않고, 감각과 감정, 직관과 상상력으로 이루어진다.

붉은 단풍잎 하나가 바람에 떨어지는 것을 보며, 시간의 덧없음을 느끼며, 동시에 그 아름다운 떨어짐 속에서 삶의 의미를 발견한다.

가을 풍경은 거울이다. 그 속에서 나는 나 자신을 본다. 내가 어떤 색깔로 물들어 왔는지, 어떤 잎사귀들을 떨어뜨렸는지, 어떤 열매를 맺었는지.

그 모든 것이 가을 풍경과 겹쳐지면서 하나의 큰 그림을 만든다.

결국 가을이 주는 가장 큰 선물은 시간에 대한 새로운 인식이다. 시간은 우리가 소유하거나 관리할 수 있는 것이 아니다.

그것은 우리를 통해 흘러가는 강물이다. 우리는 그 강물에 몸을 맡기고, 그 흐름 속에서 우리만의 의미를 찾아야 한다.

단풍길에서 나는 그 강물의 흐름을 느낀다. 과거에서 현재로, 현재에서 미래로 끊임없이 흘러가는 시간의 강물. 그 속에서 나는 떠내려가는 것이 아니라 그 흐름과 함께 춤을 춘다. 때로는 빠르게, 때로는 느리게, 때로는 저항하며, 때로는 순응하며.

가을의 단풍은 그 춤의 가장 아름다운 순간이다. 생명이 절정에 달해 가장 화려한 색깔을 뽐내는 순간, 동시에 그 생명이 다음 단계로 넘어가기 위해 자신을 내려놓는 순간. 그 순간 속에서 나는 삶의 역설을 본다.

가장 아름다운 것은 영원하지 않고, 가장 의미 있는 것은 일시적이다.

하지만 그 일시적임 속에서 우리는 영원을 발견한다.

단풍잎은 떨어지지만 그 아름다움은 기억에 남는다. 계절은 바뀌지만 그 변화의 리듬은 반복된다.

개인은 사라지지만 그가 남긴 사랑과 지혜는 계속된다.

내게 가을은 이 모든 것을 생각하게 하는 시간이다. 시간의 흐름 속에서 자신의 위치를 확인하고, 살아온 길을 되돌아보며, 앞으로 걸어갈 길을 모색하는 시간. 그리고 그 모든 과정을 통해 존재의 의미를 새롭게 발견하는 시간.

단풍 속에 흐르던 시간들이 지금도 내 안에 살아 있다.
그 시간들과 함께 나는 오늘도 걷는다.
새로운 가을을 맞이하며, 새로운 대화를 시작하며, 새로운 의미를 찾아가며.

엄마의 목소리가 가을바람처럼

중간만 걸어라

가을바람이 창문 틈으로 스며들던 오후, 문득 엄마의 목소리가 떠올랐다.

하늘이 높고, 바람이 부드러워지는 이 계절에는 사람 마음도 괜스레 단정해지고, 그 안에 오래된 기억 하나쯤은 꼭 피어오른다. 내게 그 기억은 언제나 엄마의 목소리다.

"너는 너무 앞서가지도 말고, 너무 뒤처지지도 말고, 그냥 중간만 걸어라."

내가 어릴 적부터 엄마가 입버릇처럼 했던 말이다.

그땐 그 말이 뭔지 몰랐다. 중간은 뭔가 애매하고, 어정쩡하고, 눈에 띄지도 않고, 특별하지도 않은 것처럼 느껴졌다.

엄마는 늘 극단을 경계하셨다. 너무 앞서 나가려 하지도, 너무 뒤처져 있지도 말라고 하셨다. 무엇보다 중요한 것은 자신만의 속도로, 자신만의 걸음으로 꾸준히 나아가는 것이라고 말씀하셨다.

그 시절엔 답답하게 느껴졌던 그 말이, 지금은 가을 햇살처럼 따뜻하게 다가온다.

나는 때론 앞서가려 애썼고,

때론 지쳐서 멈춰 서기도 했다.

그러다 한참을 돌아온 지금에서야 그 말이 살아가는 데 필요한 가장 깊은 균형 감각이었다는 걸 알았다.

삶을 살아가면서 나는 수없이 많은 갈림길 앞에 서야 했다.

열정과 냉정 사이에서, 도전과 안전 사이에서, 베풂과 받음 사이에서.

그때마다 어머니의 목소리가 들려왔다.

"중간만 걸어라."

그것은 단순히 중용을 지키라는 뜻이 아니었다. 자신의 중심을 잃지 말라는 뜻이었고, 균형 잡힌 삶을 살라는 뜻이었다. 어머니는 일찍부터 알고 계셨던 것 같다. 삶에서 가장 중요한 것은 속도가 아니라 방향이고, 높이가 아니라 깊이라는 것을.

남들보다 빨리 갈 필요도, 남들보다 늦게 갈 필요도 없다는 것을.

내 걸음으로 내 호흡으로, 내가 감당할 수 있는 만큼씩 나아가면 된다는 것을.

요즘 들어 엄마가 전해 준 지혜가 더욱 절실하게 느껴진다.

세상은 점점 빨라지고, 사람들은 점점 더 극단적인 선택을 강요받는다.

성공 아니면 실패, 승리 아니면 패배, 전부 아니면 아무것도 아닌 것처럼 여겨지는 시대다.

하지만 엄마의 목소리는 여전히 내 귓가에 맴돈다.

"중간만 걸어라."

가을이 되면서 나는 다시 한번 내 중심을 되찾고 있다. 무리하지 않되 게으르지 않게, 욕심내지 않되 포기하지 않게, 성급하지 않되 미루지 않게. 엄마가 가르쳐 주신 그 균형 감각을 다시 익히고 있다. 그것은 마치 자전거 타는 법을 다시 배우는 것과 같다. 몸이 기억하고 있는 그 균형 감각을 천천히 되찾아 가는 것이다.

지금도 내 삶 곳곳에 조용히 뿌리내리고 있는 엄마의 지혜. 급한 일이 생겨도 한 번 더 생각해 보게 되고, 화가 날 때도 한 박자 쉬어 가게 된다. 누군가와 의견이 충돌할 때도 상대방의 입장을 먼저 생각해 보게 된다. 그 모든 것이 엄마의 "중간만 걸어라"라는 말씀에서 시작된 것 같다.

이제 나도 누군가에게 같은 말을 하게 될 것이다. 내 아이들에게, 내 주변 사람들에게, 때로는 힘들어하는 누군가에게.

"중간만 걸어라."

그 말속에 담긴 따뜻한 지혜와 사랑을 전해 주고 싶다. 엄마가 그런 것처럼.

가을바람이 다시 창문을 두드린다. 그 바람 속에서 나는 어머니의 목소리를 듣는다.
따뜻하고 다정한 그리고 깊은 지혜가 담긴 그 목소리.

"중간만 걸어라."

그 말씀처럼 나는 오늘도 내 속도로, 내 걸음으로, 균형을 잃지 않으며 조용히 걸어간다.

엄마의 지혜는 가을의 은행잎처럼 누렇게 익어가고 있다. 그리고 그 지혜는 언젠가 다시 누군가의 마음에 조용히 떨어져 새로운 뿌리를 내릴 것이다. 그 사랑과 지혜는 계속해서 이어져 나갈 것이다.

"중간만 걸어라."

그 말씀이 오늘도 내 마음 깊은 곳에서 따뜻하게 울려 퍼진다.

오래된 노래 한 곡
어느 가을날, 편지를 쓰듯이

오늘은 괜히 김광석의 '서른 즈음에'를 들었다. 첫 소절이 흘러나오는 순간, 시간은 거꾸로 돌아가기 시작했다. 조금은 쓸쓸하고, 조금은 다정한 그 멜로디가 나를 감싸며 나는 오래된 기억 속으로 천천히 걸어 들어갔다.

가을 오후, 바람이 잔잔히 불고 잎이 하나둘씩 떨어지는 마당 한편에서 나도 모르게 나 자신에게 편지를 쓰듯 지난날들을 꺼내 보기로 했다. 현실의 무게는 잠시 내려놓고, 그저 흘러가는 선율에 몸을 맡긴 채로.

안녕, 잘 지내고 있니? 아니, 잘 지내려고 애쓰고 있었지. 무언가에 쫓기듯 열심히 살았던 너. '괜찮아'라는 말을 습관처럼 입에 달고 살았던 너.

김광석의 목소리가 들려오면서 그때의 네가 더 선명해진다. 카세트테이프를 돌려 같은 노래를 반복해서 들었던 그 밤들.

창밖으로 보이던 네온사인들과 함께 흘러가던 시간들이 지금처럼 생생하게 느껴진다.

지금의 나는 너를 다 이해한다고는 말 못 해. 하지만 이제는 좀 알 것 같아. 너의 조급함, 너의 눈물, 누구에게도 말하지 못한 그 외로움까지. 그 모든 시간이, 결국 지금의 나를 만들어 주었단다.

'서른 즈음에'라는 노래가 처음엔 그렇게 슬프게만 들리진 않았어. 그런데 '떠나는 것에 익숙해지고, 모든 것이 조금씩 변해간다는 걸 받아들이게 되는 나이'라는 가사의 의미가 이제야 조금씩 가슴에 와닿는다.

음악이 흘러나오면서 현실은 조금씩 흐려지고, 그 대신 기억들이 더욱 또렷해진다. 그때 함께 들었던 사람들, 그때 느꼈던 감정들, 그때 꿈꾸던 것들이 하나씩 되살아나며 지금의 아픔까지도 달래 주는 것 같다.

그래, 우리 참 많이 떠나보냈지. 사람도, 시간도, 감정도. 그땐 아팠고, 후회도 많았지만 지금의 나는 그것들을 '안아 줄 준비가 된 사람'이 되었어.

가끔은 스스로에게 너무 엄격했지. 조금만 더 잘했으면, 조금만 더 참았더라면… 그런 말들로 자신을 밀어붙였던 날들. 하지만 이제는 다르다. 음악이 흘러나오는 이 순간, 모든 것이 조금씩 용서받는 기분이다. '그때의 나도, 최선을 다했구나. 그만 하면 참 잘했구나' 이제는 그렇게 말해 주고 싶다.

노래는 마법 같다. 몇 분 되지 않는 짧은 시간 동안 우리를 과거로 데려가 현재를 잊게 하고, 동시에 미래를 꿈꾸게 한다.
그 순간만큼은 모든 것이 괜찮아질 것 같고, 모든 아픔이 의미 있어 보인다.

가을은 나에게 기억을 정리하는 계절이다. 잊는 것이 아니라 잘 꺼내어 다시 접어 두는 일. 그 모든 시간을 고이 안아 다시 살아갈 힘으로 바꾸는 계절.

김광석의 목소리가 점점 작아지고, 현실이 다시 조금씩 돌아온다. 하지만 괜찮다.
이 몇 분간의 여행이 나에게 충분한 위로가 되었으니까.

하지만 지금 나는 안다.
병은 나를 집어삼키는 괴물이 아니라 내 삶의 일부가 된 고요한 동반자라는 걸.

나는 여전히 살아 있고, 아직 이 노래를 들을 수 있고,

누군가에게 커피를 내어 줄 수 있고, 가끔은 웃고, 때때로 울며, 내 하루를 살아간다.

몸은 분명히 약해졌다.

계단을 오를 때 숨이 차고, 밤이면 두려움이 찾아오기도 한다.

하지만 내 마음은 더 단단해졌고, 감정은 더 섬세해졌고, 삶은 더 조용한 아름다움을 품게 되었다.

음악이 끝났을 때 내 주위는 다시 원래의 정적을 되찾았다. 하지만 내 안엔 그 노래의 여운이 마치 오래된 잎사귀처럼 천천히, 조용히, 자리 잡고 있었다.

삶도 그런 것일지 모른다. 크게 터지는 감정이 아니라 이렇게 조용히 스며드는 기억과 감각, 그 안에서 다시 살아 내려는 고요한 결심.

나는 오늘도 아프다.

그러나 그 아픔조차 내 삶의 일부로 받아들이며 그저 조용히, 노래 한 곡처럼 끝까지 흐르고 싶다.

언젠가 내 삶이 다 흘러갔을 때 누군가 내 흔적을 기억한다면,

그건 아마도 조용한 멜로디처럼 남은 따뜻한 여운일 것이다. 그러니 오늘은 음악 한 곡을 틀어 놓고 차 한 잔 마시며 그리운 나를 안아 주는 것으로 충분하다.

현실의 무게는 잠시 내려놓고, 그저 흘러가는 선율 속에서 과거와 현재를 잇는 다리를 건너는 것만으로도 말이다.

어떤 노래는 시간을 거슬러 올라가 우리를 위로해 주고,

어떤 기억은 현재를 견딜 수 있게 해 주는 힘이 된다.

그런 순간들이 있기에, 우리는 계속 살아갈 수 있다.

이 소중한 여유의 순간들 속에서, 나는 나 자신을 다시 이끌어 가는 힘과 평화를 찾고 싶다.

내게 남은 시간의 빛깔

빈센트 반 고흐의 묘지에서

10여 년 전, 늦가을의 프랑스.

나는 작은 여행 가방 하나를 끌고 오베르 쉬르 우아즈(Auvers-sur-Oise)라는 이름조차 생소했던 그 마을을 향해 조용히 발걸음을 옮겼다.

목적은 단 하나.

빈센트 반 고흐(Vincent van Gogh. 1853~ 1890)의 묘지를 찾는 일이었다.

그날 하늘은 구름이 많은 맑은 날씨였고, 거리에는 낙엽이 쌓여 발끝마다 바스락거렸다.

관광지라기보다는, 누군가의 사적인 기억을 조심스럽게 들여다보는 느낌이었다.

넓은 들 한 모퉁이에 자리한 묘지에는 고흐와 그의 동생 테오의 무덤이 나란히 있었다.

풀과 이끼가 엷게 덮인 그 무덤 앞에서 나는 한참을 말없이 서 있었다.

노란 해바라기, 누런 들판의 밀밭, 붉은 지붕들…

그 모든 고흐의 그림들이 내 마음속에서 조용히 떠올랐다.

10여 년이 지나고 나서야 그 무덤 앞에서 느꼈던 것들이 무엇이었는지 알 것 같다.

프랑스 작은 마을의 공동묘지, 담쟁이덩굴이 둘러진 담벼락 아래, 나란히 누워 있는 무덤 앞에 서 있던 그 오후의 시간이 지금도 내 안에서 맥박치고 있다.

그때는 단순히 한 화가의 마지막 안식처를 찾은 것이라고 생각했지만 지금 돌이켜 보면 그것은 내가 삶에서 무엇을 찾고 있었는지를 묻는 순간이었다.

가을이 깊어 가는 이 계절에, 나는 다시 그 기억 속으로 걸어 들어간다. 시간이 켜켜이 쌓인 이 순간에서, 10여 년 전의 그 오후와 지금의 이 저녁이 이상하게 겹쳐진다. 마치 두 개의 서로 다른 시간이 하나의 색깔로 스며들듯이.

그날의 하늘은 회색빛이 도는 푸른색이었다. 고흐가 그토록 사랑했던 하늘의 색깔이 아니라 오히려 그의 마지막 그림들에서 보이는 침묵의 색깔이었다. 파리에서 북쪽, 기차를 타고 한 시간 남짓, 작은 시골 마을에 내려 묘지를 찾아가는 길은 생각보다 고즈넉했다. 관광객들로 북적이지도 않았고, 그렇다고 완전히 적막하지도 않은, 그저 일상의 한 부분처럼 자연스러운 풍경이었다.

묘지 입구의 안내소에서 받은 지도를 손에 쥐고 좁은 길을 따라 걸었다. 무덤을 찾는 일은 어렵지 않았다. 다른 무덤들과 다르지 않은 소박한 모습이기도 했다. 그 앞에 놓인 몇 송이의 해바라기만이 이곳이 특별한 장소라는 것을 알려 주고 있었다.

무덤 앞에 서자 이상한 정적이 흘렀다. 그것은 슬픔도 아니고 경외감도 아닌 무언가 깊은 이해 같은 것이었다. 37년의 짧은 생을 살았던 한 사람이 남긴 것들에 대한, 그리고 그 남은 것들이 지금까지 사람들에게 어떤 의미로 다가가고 있는지에 대한 조용한 깨달음이었다.

고흐가 동생 테오와 함께 나눈 편지를 읽으면서 나는, 그가 색채에 대해 품고 있는 열정 때문에 언제나 놀랐다. 그는 단순히 보이는 것을 그리는 것이 아니라 자신이 느끼는 감정의 색깔을 찾아내려고 했다. 노란색 하나를 칠하더라도 그것이 기쁨의 노란색인지, 고독의 노란색인지, 희망의 노란색인지를 구분하려고 했다. 그에게 색깔은 단순한 시각적 요소가 아니라 삶의 본질을 표현하는 언어였다.

그날 무덤 앞에서 나는 문득 생각했다. 고흐가 찾으려고 했던 그 진실한 색깔들이, 결국 그를 미치게 만든 것이 아닐까 하고.

세상의 모든 것에서 진실을 찾으려고 하는 것, 모든 순간에서 의미를 읽어 내려고 하는 것. 그런 간절함이 때로는 사람을 소진시키는 것이 아닐까 하고.

하지만 동시에 이런 생각도 들었다. 그의 그림들이 지금까지 수많은 사람에게 위로와 영감을 주고 있는 것은, 바로 그 간절함 때문이 아닐까.

진실한 색깔을 찾으려는 그의 노력이 결국 시간을 초월한 아름다움으로 남는 것이 아닐까.

10여 년이 지난 지금, 나는 다시 그 질문 앞에 서 있다.

고흐의 일생을 생각했다.

가난, 정신병, 외로움, 오해.

죽을 때까지 단 하나의 그림도 제대로 팔리지 않았던 화가.

그러나 이제는 세상의 누구보다도 많은 사람의 마음속에 가장 강렬한 색으로 살아 있는 이름이다.

나는 문득 스스로에게 물었다.

"고흐의 삶에 남은 빛깔은 무엇이었을까?"

그리고 다시 나에게 되묻는다.

"지금, 내게 남은 빛깔은 무엇인가?"

고흐가 평생 찾으려고 했던 그 진실한 색깔들을, 나는 내 삶에서 얼마나 찾고 있을까.

일상의 관성 속에서, 편의와 안정 속에서 나는 얼마나 진실한 순간들을 놓치고 있을까.

창밖으로 보이는 나뭇잎들이 노랗게 물들어 가는 모습을 보며 생각한다. 고흐가 그토록 사랑했던 가을의 색깔들이 지금 내 앞에 있다. 하지만 나는 과연 그 색깔들을 제대로 보고 있을까.

그 안에 담긴 시간의 무게와 생명의 순환을, 끝남과 시작이 맞닿아 있는 경계의 아름다움을 진정으로 느끼고 있을까.

그날 오후, 무덤 앞에서 애도나 존경을 넘어서는 감정을 느꼈다. 한 사람이 자신의 삶을 온전히 살아 내려고 했던 그 치열함에 대한 경외로 성공이나 인정과는 상관없이, 오직 자신이 믿는 진실을 향해 걸어간 그 용기에 대한 감동이었다.

한 사람이 자신의 진실을 향해 걸어간 그 여정 자체가 얼마나 아름다운지에 대한 이해로 고흐의 무덤 앞에서 오랫동안 서 있었던 것이다.

지금 내게 남은 빛깔은 무엇일까.

고흐가 해바라기에서 찾았던 그 강렬한 노란색처럼, 별이 빛나는 밤에서 포착했던 그 신비로운 푸른색처럼, 나에게도 고유한 색깔이 있을까.

어쩌면 그것은 눈에 띄지 않는 색깔일지도 모른다. 고흐의 그림처럼 강렬하지도 않고, 화려하지도 않은, 그저 일상의 한구석에서 조용히 빛나는 색깔일지도 모른다. 아침에 마시는 차 한 잔에서 느끼는 따뜻함의 색깔이거나, 책을 읽으며 새로운 생각에 닿는 순간의 색깔이거나, 누군가와 나눈 진실한 대화에서 피어나는 이해의 색깔일지도 모른다.

고흐가 동생 테오에게 보낸 마지막 편지에는 이런 구절이 있다.

"나는 내 그림을 통해 사람들에게 말하고 싶다. 이 세상은 여전히 아름답다고."

그의 색깔들은 그의 모든 고통과 절망에도 불구하고, 마지막까지 아름다움을 놓지 않았다. 이것이 고흐의 가장 큰 유산일지 모른다.

가을이 깊어 가는 이 저녁, 나는 다시 한번 그 질문을 나 자신에게 던진다.

내 삶에서 포기하지 않을 것은 무엇인가.

어떤 어둠 속에서도 놓지 않을 빛깔은 무엇인가.

답은 아직 명확하지 않다. 하지만 그 답을 찾아가는 과정 자체가 이미 하나의 색깔을 만들어 가고 있는 것 같다.

오베르 쉬르 우와즈에서의 그 오후부터 지금까지, 10여 년이라는 시간이 쌓아 올린 색깔들이 있다.

고흐의 무덤 앞에서 느꼈던 그 조용한 감동이, 시간이 지날수록 더 깊은 의미로 다가오고 있다.

그것은 한 사람의 삶이 얼마나 소중한지에 대한 깨달음이었다.

지금 이 순간에도 창밖으로 보이는 가을의 색깔들이 조용히 변해 가고 있다.

그 변화 속에서 나는 고흐가 찾으려고 했던 그 진실한 색깔들을 다시 한번 생각해 본다.

그리고 나는 지금 어떤 색깔을 칠하고 있을까?

어쩌면 아직도 이름 붙이지 못한 혼합된 내 인생의 색일지도 모른다.

살아온 시간, 앓아 온 병, 떠나보낸 사람들, 내가 지켜 낸 공간과 기억들.

이 모든 것을 합치면, 선명하지는 않지만 단 하나뿐인 나만의 색이 된다.

고흐는 살아서 인정받지 못했지만 자신의 빛깔을 끝까지 버리지 않았다.

그리고 그 빛은 시간이 지난 뒤에 더 깊게 타올랐다.

내가 고흐의 묘지 앞에서 배운 가장 큰 진실, 빛은 꺼지지 않는다.

그저 사람의 눈이 늦게 그것을 알아볼 뿐이다.

지금의 나는 그때보다 훨씬 더 흐리고, 훨씬 더 조용하고, 훨씬 더 가라앉아 있지만 그렇기 때문에 비로소 내 인생의 색을 조금씩 알아 가는 중이다.

늦가을, 단풍이 거의 떨어진 나무 아래에서 나는 그때 그 프랑스 오베르 쉬르 우와즈의 하늘을 다시 떠올리며 그 빛깔들을 찾고 있다.

그것을 찾는 일 자체가 이미 하나의 아름다운 색깔이 되고 있다는 것을, 그로부터 10여 년이 지나서야 조금씩 이해하기 시작했다. 그리고 혼자 속삭인다.

"내게 남은 빛깔은 아직 사라지지 않았다."

삶은 정답이 아니라 과정이었다
그 깨달음이 주는 평온함 속에서

가을이 깊어갈수록 나는 더 자주 산책을 나선다. 특별한 목적지 없이 발걸음이 향하는 대로 걸어간다. 오늘도 그렇게 걸었다. 어느새 작은 언덕 위에 서 있었고, 그곳에서 바라본 풍경이 나를 한참 멈춰 세웠다.

저 멀리 산자락이 겹겹이 포개져 있고, 그 사이로 강물이 은빛 실처럼 흘러간다. 나뭇잎들은 붉고, 노란빛으로 물들어 바람에 하나둘 떨어지고 있었다. 그 모든 것이 마치 거대한 그림 한 폭처럼, 아니 살아 숨 쉬는 시 한 편처럼 내 앞에 펼쳐져 있었다.

그 순간 나는 문득 깨달았다. 내가 그동안 얼마나 정답을 찾으려 애써 왔는지를.

암을 이겨 내는 완벽한 방법, 고통 없는 삶을 사는 비결, 행복해지는 확실한 공식.

나는 늘 그런 것들을 찾아 헤맸다. 마치 어딘가에 숨어 있는 보물 같은 정답이 있을 거라고 믿으면서. 하지만 자연을 보니 알 것 같았다.

나무는 잎을 떨어뜨리는 것을 실패라고 여기지 않는다.

강물은 구불구불 흘러가는 것을 잘못된 길이라고 생각하지 않는다.

산은 비바람에 깎이는 것을 고통이라고 거부하지 않는다.

모든 것이 그저 흘러가고, 변해 가고, 자연스럽게 순환할 뿐이다.

자연은 도를 따른다. 억지로 꽃을 피우려 하지 않고, 때가 되면 피고, 때가 되면 진다.

물은 낮은 곳을 향해 흐르고, 돌을 만나면 돌아가며, 그 어떤 저항도 하지 않으면서 결국 바다에 이른다. 이것이 자연의 도법이다.

삶도 그런 것이었다. 정답이 아니라 과정이었다. 나에게 암이 온 것도, 때로 절망하는 것도, 또 가끔 희망을 품는 것도 모두 삶이라는 긴 여행의 한 부분일 뿐이었다.

도착해야 할 목적지가 따로 있는 게 아니라 걸어가는 모든 발걸음 자체가 삶이었다.

가을의 나무는 잎을 떨어뜨릴 준비를 한다. 무성하던 생명을 덜어 내고, 텅 빈 가지를 하늘로 드러낸다.

노자가 말한 '도법자연(道法自然)'이 바로 이것이구나 싶다. 나무는 억지로 잎을 잡아 두려 하지 않는다. 때가 되면 순순히 내어 주고, 빈자리에서 더 깊은 본질을 드러낸다.

나 역시 그동안 얼마나 많은 것을 붙잡으려 했던가.

사라져 가는 젊음을, 변해 가는 관계를, 흘러가 버린 시간들을.

하지만 가을 나무를 보며 알았다. 진정한 지혜는 '무위(無爲)'에 있었다는 것을.

억지로 붙잡지 않고, 자연스럽게 흘러가도록 두는 것에서 오는 평온함을.

붓다가 깨달은 진리 중 하나가 '제행무상(諸行無常)'이라고 한다. 모든 행(行)은 무상(無常)하다. 모든 것은 생겨나고 변하고 사라진다. 이 진리를 머리로는 알고 있었지만 가슴으로 받아들이기까지는 오랜 시간이 걸렸다.

마당의 단풍잎 하나하나가 붓다의 가르침을 보여 주고 있었다.

봄에 돋아난 새 잎이, 여름 내내 무성했던 초록이, 이제 붉고 노란 빛깔로 마지막 인사를 건네며 땅으로 돌아간다.

그 과정에 슬픔이 있을까? 아니다. 오히려 완전한 순응이 있을 뿐이다.

모든 것은 변한다. 제행무상이라는 진리가 이제야 가슴으로 이해된다.

내 아픔도 영원하지 않고, 내 기쁨도 영원하지 않다.

봄이 여름이 되고, 가을이 겨울이 되듯, 모든 것은 끊임없이 변화하며 흘러간다.

그 변화를 받아들이는 것, 그것이 자연스러운 삶의 태도였다.

내가 두려워했던 것은 변화 자체가 아니라 변화에 저항하며 생긴 마음의 상처였다는 것을 깨달았다.

무상함을 받아들이는 순간, 오히려 모든 순간이 더욱 소중하고 아름다워졌다.

차갑지만 상쾌한 바람이 내 머리카락을 흔들고 지나간다. 나는 깊이 숨을 들이마신다.

공기가 폐 속 깊숙이 스며들면서, 내 안의 무언가도 함께 흘러간다.

정답을 찾아야 한다는 조급함, 완벽해야 한다는 강박감, 빨리 나아져야 한다는 압박감들이 그 바람에 실려 흩어져 간다.

그리고 그 자리에 고요함이 찾아온다. 비어 가는 마음이 오히려 충만해진다.

무언가를 채우려 애쓰지 않아도, 비움 그 자체가 완전함이라는 것을 안다.

빈 그릇이어야 무엇이든 담을 수 있듯이, 비워 낸 마음이어야 진정한 평안을 담을 수 있다.

언덕을 내려오는 길에 작은 들꽃 한 송이를 발견했다. 이미 시들어 가고 있었지만 여전히 곧게 서서 마지막 꽃잎을 바람에 맡기고 있었다. 그 모습이 지금의 나와 닮아 있다는 생각이 들었다.

완벽하지 않아도, 아파도, 시들어 가도, 여전히 여기 서 있는 것.

그것만으로도 충분히 아름답다는 것을.

집으로 돌아가는 발걸음이 한결 가벼워졌다.

삶의 정답을 찾지 못했기 때문이 아니라 정답을 찾을 필요가 없다는 것을 깨달았기 때문이다.

나는 그저 오늘을 살고, 내일을 맞이하고, 그 속에서 조용히 변해 가면 된다. 자연이 그러하듯이…

해가 짧아지고, 바람이 차가워질 때마다 느끼는 이 가을의 무게감.

그것은 단순한 계절의 변화가 아니고, 시간의 강물에서 나를 불러 내어 내가 누구인지, 어디로 가고 있는지를 돌아보게 하는 거룩한 무게였다.

마당 한 귀퉁이에 모아 둔 낙엽 더미를 바라보며 나는 알았다.

이 모든 떨어짐이 헛되지 않다는 것을.

낙엽은 땅으로 돌아가 새로운 생명의 자양분이 되고, 나의 모든 경험도 언젠가 누군가에게는 작은 위로가 될 것이라는 것을.

가을이 깊어갈수록 나는 더 많이 운다.

하지만 그 눈물은 이제 다르다.

잃어버린 것에 대한 슬픔이 아니라 받아들일 수 있게 된 것에 대한 감사의 눈물이다.

무상한 것들 속에서 영원을 발견하고, 비움 속에서 충만함을 얻는 이 가을의 가르침이여!

"떨어지는 낙엽 하나하나가 부처요, 불어 가는 바람 한 줄기가 도(道)로다."

누군가의 삶이 나를 일으켰다

나는 강한 사람이 아니다.

언제나 단단했던 것도, 용감했던 것도 아니다.

무너졌던 순간이 더 많고, 포기하고 싶었던 날도 헤아릴 수 없었다.

하지만 이상하게도 그럴 때마다 어디선가 나를 일으켜 세우는 힘이 있었다.

눈에 보이지는 않지만 분명하게 느껴지는 '누군가의 삶'이었다.

병원 대기실에서 만난 아주머니가 있었다. 항암 치료를 마치고도 환하게 웃으며 간호사에게 인사를 건넸다. 작은 꽃무늬 스카프를 두르고, 매번 간식을 챙겨 오던 그분의 손에는 자기보다 더 힘든 사람을 위한 마음이 담겨 있었다. 나는 그런 모습에서 감동을 넘어서, 희망이라는 단어를 처음 실감했다.

"아, 아픔을 견디는 데도 아름다움이 있을 수 있구나."

또 한 사람은, 여관 일을 도우러 와 준 이웃 아주머니였다. 몸이 불편한 남편을 간호하며 자신도 허리 통증을 앓고 있었지만 늘 묵묵히 웃으면서 청소를 하셨다. 나는 가끔 물었다.

"힘들지 않으세요?"

그분은 늘 짧게 대답하셨다.

"사는 게 다 그렇지요. 그래도 해야지요."

그 말이 얼마나 단단한 위로였는지 모른다. 길게 늘어놓는 말보다 그저 제 삶을 성실히 살아 내는 모습이 내게는 언젠가의 등불이었다.

우리는 때때로 화려한 성취나 위대한 이야기만이 감동을 준다고 생각할 수 있다.

하지만 나는 안다. 조용히 제 삶을 견디는 사람들이 세상에 가장 깊은 울림을 준다는 것을.

그들의 삶은 마치 가을의 바람 같았다.

말없이 스쳐 가지만 마음을 흔들고도 남는다.

내가 살아온 길에도 그런 사람이 수없이 많았다. 그들의 이름을 다 기억하진 못해도 그때 받았던 눈빛, 말투, 온기는 아직도 내 안에 남아 있다.

그래서 이제는 나도 누군가에게 그런 존재가 되고 싶다.

말 한마디가, 작은 손길이 혹은 그저 흔들리지 않고 서 있는 내 모습이 누군가의 어두운 하루에 빛이 되어 줄 수 있다면.

일주일에 한 번씩 그리고 이제는 한 달에 한 번씩, 항암 치료를 위해 병원을 갈 때마다 나는 늘 간식거리를 챙겨 간다. 유방암 4기였던 나를 건강하게 살려 준 담당 의사 선생님께 드리기 위해서다.

유방암 전문 의사로 유명한 분이라 대기실은 사람으로 가득하다. 대기 시간이 길지만 지루하지도 싫지도 않다.

병원 창밖으로 보이는 넓고 예쁜 바다를 바라보며, 문득 이런 생각이 들었다.

저 바다처럼 넓은 마음으로 환자들을 치료해 주시는 의사 선생님도 언젠가는 이 세상을 떠나겠구나!

그런 생각이 들면 지금 이 순간이 얼마나 소중한지 새삼 깨닫게 된다.

매번 가져 가는 간식이지만 항상 부족하다는 생각이 든다.

생명을 구해 준 은혜를 어떻게 다 갚을 수 있을까. 의사 선생님의 손길 하나, 따뜻한 말 한마디가 나에게는 세상 전부였다.

그래서 더욱 깨닫는다. 우리가 살아가며 만나는 모든 만남에는 의미가 있다는 것을.

나를 살려 준 의사 선생님뿐만 아니라 전철에서 자리를 양보해 주던 아주머니, 아침마다 인사하던 상점 할아버지, 비 오는 날 우산을 함께 씌워 주던 낯선 사람까지.

그들의 작은 친절과 따뜻함이 모여 내 삶의 힘이 되었다.

가을이 깊어질수록 이런 생각이 더 짙어진다. 병원 창밖으로 보던 그 바다처럼, 나뭇잎들이 떨어지며 맨 가지를 드러내듯 인생도 군더더기를 걷어 내고 나면 결국 사람과 사람 사이의 온기만이 남는다는 것을.

생사의 경계를 넘나들며 느낀 그 진실이 지금도 내 안에서 맥박치고 있다.

내 곁을 스쳐 간 모든 사람이 나를 지금의 나로 만들었다.

그들의 삶의 무게와 아름다움이 내 안에 켜켜이 쌓여, 나도 모르게 누군가에게 전해지고 있을 것이다.

삶이 삶을 일으키는 일.

그것이 우리가 서로에게 줄 수 있는 가장 소중한 선물인지도 모른다.

화려하지 않아도, 크지 않아도, 그저 진심으로 살아가는 모습 하나만으로도 우리는 서로의 희망이 될 수 있다.

오늘도 누군가는 내 작은 미소를 기억하며 하루를 버텨 낼지 모른다.

그리고 나 역시 누군가의 따뜻한 눈빛을 생각하며 내일을 준비할 것이다.

이렇게 우리는 서로를 일으켜 세우며 함께 살아간다.

잊지 못할 편지 한 통

사람의 삶을 바꾸는 건 언제나 거창한 무언가가 아니었다. 때론 아주 짧은 한마디 혹은 조용히 건넨 손 편지 한 장이 그 사람을 다시 걷게 한다.

나에게도 그런 순간이 있었다.

한 장의 편지.

지금도 그 문장의 온기를 생생히 기억한다.

그날은 유난히 마음이 가라앉아 있었다. 치료의 고통이 반복되던 어느 가을. 몸도 지쳤고, 마음은 더 지쳐 있었다. 모든 게 무의미하게 느껴지고, '이제 그만 쉬고 싶다'라는 생각이 자꾸만 머릿속을 맴돌던 날이었다. 우편함을 열었을 때 익숙한 필체의 편지 한 통이 들어 있었다. 오래된 친구에게서 온 것이었다. 자주 연락하진 않았지만 내 근황을 알고 있던 그녀는 이렇게 적었다.

"언젠가 네가 해 줬던 말이 문득 생각났어. '끝이 아니라면, 아직 과정 중이니까 포기하지 말자'라고. 그 말이 요즘 내게 큰 위로가 되었어. 고마워. 그리고 네가 잊고 있을까 봐 그 말을 다시 돌려주고 싶었어."

나는 그 자리에서 한참을 울었다. 내가 했던 말을 누군가가 기억하고, 그 말을 다시 나에게 건넨다는 건 그 무엇보다 깊은 위로였다.

그날 이후 나는 아주 천천히, 하지만 분명히 다시 살아갈 용기를 얻었다.

지금도 그 편지는 서랍 속에 넣어 두고, 때때로 꺼내어 읽는다.

종이는 조금 바랬지만 그 문장만큼은 언제나 선명하다.

그 편지는 그 시절의 나에게 보내는 응원 같았고, 앞으로의 나를 기다리는 인사 같았다. 우리는 살아가면서 수많은 메시지를 주고받는다. 하지만 어떤 말은 시간이 지나도 마음속에서 지워지지 않는다. 그것은 문장이 아니라 마음이기 때문이다.

편지의 힘은 그 안에 담긴 진심이 시간을 건너 여전히 살아 숨

쉬고 있다는 데 있다.

창밖으로 노란 은행잎이 하나둘 떨어질 때, 쌀쌀한 바람이 창틈으로 스며들 때, 그 편지의 온기가 더욱 간절해진다.

마치 가을이라는 계절 자체가 그 편지와 닮아 있는 것만 같다.

끝을 향해 가면서도 아름다운 것들, 떠나가면서도 깊은 여운을 남기는 것들. 그 친구의 편지를 받았던 그 가을처럼, 가을은 내게 특별한 계절이다.

소슬한 바람에 낙엽이 떨어지는 소리를 들으며 때때로 나는 그녀의 목소리를 떠올린다.

은은한 가을 햇살이 편지지를 비출 때면, 그때의 감동이 고스란히 되살아난다.

편지라는 것이 얼마나 신기한 존재인지 모른다. 몇 줄의 글자에 불과하지만 그 안에는 한 사람의 마음이 온전히 들어 있다.

특히 손 편지는 더욱 그렇다. 그 사람이 펜을 들고 종이 위에 한 글자 한 글자 써 내려가던 시간까지도 고스란히 전해진다.

급하게 쓴 글씨, 신중히 고른 단어들, 문장과 문장 사이의 여백까지도 모두 메시지가 된다.

요즘처럼 모든 것이 빠르고 즉각적인 세상에서, 편지는 참으로 느린 소통이다. 하지만 그 느림 속에 더 깊은 진심이 담긴다. 카톡이나 메일은 금방 사라지지만 편지는 서랍 속에서 오랫동안 머물며 때때로 우리를 위로한다.

가을바람이 불어올 때마다 나는 그 편지를 떠올린다.

누군가의 따뜻한 말 한마디가 얼마나 큰 힘이 되는지.

우리가 무심코 던진 위로의 말들이 언젠가는 우리에게 돌아온다.

마치 씨앗이 계절을 거쳐 다시 꽃이 되어 돌아오는 것처럼.

그 편지 한 통은 내 인생에서 가장 조용하고도 강한 사랑의 증거였다.

지금도 매년 돌아오는 가을마다 나를 다시 일으켜 세우는 힘이 되고 있다.

어쩌면 우리 모두에게는 그런 편지가 필요할지도 모른다.

힘들 때 꺼내 볼 수 있는, 누군가의 진심이 고스란히 담긴 그런 편지가.

가을 같은 마음으로 따뜻하고 깊이 있게 전해질 수 있기를 바라본다.

오래된 거리에서 만난 기억

얼마 전, 우연한 일로 한때 내가 살았던 동네를 다시 찾았다. 별다른 준비 없이, 시간의 공백을 뚫고 그 거리에 발을 디뎠다. 처음 몇 걸음은 어색했다. 익숙해야 할 것들이 낯설었고, 낯설어야 할 것들이 왠지 따뜻했다. 그리워 했던 것도 아닌데 눈시울이 붉어지는 걸 보며, 나는 알 수 있었다. 이 거리는, 그 시절 내가 나였던 시간을 기억하고 있었다.

구멍가게가 있던 자리에 작은 카페가 생겼고, 늘 늦게까지 불이 켜져 있던 이웃집엔 다른 이름이 적힌 문패가 붙어 있었다.

더 걷다 보니 그대로인 것도 있었다. 공사장 옆 담벼락의 오래된 벽화, 작은 골목길에 심어진 은행나무, 비 오는 날 유난히 미끄럽던 경사길. 그 순간, 나는 나도 모르게 웃었다. 잊은 줄 알았던 기억들이 하나둘씩 고개를 들었다.

　그 시절의 나는 참 서툴렀다. 말 한마디에 상처받고, 누구의 시선에도 흔들리고, 모든 걸 '내 탓'이라 여겼던 날들. 그런 내가 매일 이 길 위에서 울고, 웃고, 고민하고, 작은 다짐도 수없이 했었다. 지금은 그 모든 장면이 마치 영화의 오래된 한 컷처럼 내 앞에 천천히 펼쳐진다.

　"그땐 그랬지" 하고 넘기기엔 너무 따뜻하고, 조용한 울림이 있었다.

　지금의 나는 그 시절의 나를 얼마나 안아 줄 수 있을까?

　답은 모르지만 하나만큼은 확실했다.

　나는 그 시절을 잘 건너왔고, 지금 이 자리에 살아 있다는 것.

　가을은 그런 계절이다. 시간을 툭 하고 건드리면 기억이 조용히 따라 나오는 계절.

　그리고 오래된 거리에서 만난 기억은 내가 지나온 시간을 다정하게 쓰다듬어 주는 손길 같았다.

　예전의 나와 지금의 내가 같은 길 위를 나란히 걷는 기분으로 나는 다시 길을 걸었다.

공원 벤치에 앉아 하늘을 올려다봤다.

가을 하늘은 유난히 높고 맑았다. 그 시절에도 이런 날, 이 벤치에 앉아 하늘을 보며 생각에 잠겼던 기억이 났다.

'나는 누구일까? 나는 뭘 하며 살아야 할까?'

그때의 질문들이 지금도 완전히 해결된 건 아니다. 하지만 답을 찾으려 애쓰기보다는, 질문 자체를 소중히 여기는 법을, 그 질문들과 함께 살아가는 법을 배웠다.

벤치에서 일어나 마지막으로 우리 집이 있던 골목으로 향했다.

낡은 다세대 주택은 그대로 있었지만 이제는 다른 가족이 살고 있을 것이다.

2층 작은방의 창문을 올려다보니 그곳에서 보냈던 무수한 밤이 떠올랐다.

숙제를 하다가 창밖을 바라보며 꿈꾸던 밤, 시험 걱정에 잠들지 못하던 밤, 누군가를 좋아해서 가슴이 두근거리던 밤, 미래에 대한 막연한 불안으로 눈물 흘리던 밤.

그 모든 밤이 나를 지금의 내가 되도록 했다. 그때는 몰랐지만 그 시간들은 내가 나를 알아 가는 소중한 과정이었다.

"고마워."

그 시절의 나에게, 이 거리에게 그리고 나를 기억해 주는 모든 것에게 나는 작게 중얼거렸다.

해가 점점 기울기 시작했다.

서쪽 하늘이 붉게 물들어 가는 모습을 보며, 나는 문득 시간이라는 것의 신비로움에 대해 생각했다.

시간은 정말 이상한 존재다. 그 시절에는 하루하루가 끝없이 길게 느껴졌는데, 지금 돌아보니 그 모든 날이 한 줌의 기억으로 압축되어 있다. 마치 두꺼운 책을 빠르게 넘기면서 보는 것처럼, 수많은 장면이 스쳐 지나간다.

그런데 이상하게도, 그 압축된 기억 속에서 가장 또렷하게 남은 것들은 크고 특별한 사건들이 아니었다. 평범한 일상의 조각들이었다.

아침에 일어나 이를 닦던 순간, 계단을 오르내리며 들었던 발소리, 저녁 무렵 부엌에서 나던 음식 냄새, 밤에 들려오던 이웃집 텔레비전 소리.

이런 것들이 쌓이고 쌓여서 '그 시절'이라는 하나의 색깔을 만들어 낸 것이다.

그리고 지금의 내가 그 색깔을 그리워하는 이유는, 그것이 단순히 과거이기 때문이 아니라 그 색깔 속에 온전한 내가 들어 있기 때문이다. 사람의 마음이 얼마나 복잡한지, 선택이 얼마나 어려운 일인지, 때로는 최선을 다해도 안 되는 일들이 있다는 것을 그 시절의 나는 몰랐다. 그래서 매사에 진심이었고, 상처를 받을 때도 온 마음으로 상처받았고, 기뻐할 때도 온몸으로 기뻐했다.

지금의 나는 그때의 나보다 많은 걸 안다. 적당히 거리 두는 법도 알고, 기대를 낮춰서 실망을 줄이는 법도 안다. 하지만 가끔은 그 '앎'이 짐이 되기도 한다. 너무 많이 알아서 망설이고, 너무 많이 계산해서 진심을 내려놓는다.

그래서 오늘 이 거리에서 만난 기억들이 더욱 소중했나 보다. 그때의 나는 불완전했지만 완전했고, 서툴렀지만 아름다웠다.

모든 감정을 그대로 느끼고, 모든 순간을 그대로 살았다.

나는 천천히 발걸음을 돌렸다. 이제 이곳을 떠날 시간이었다. 하지만 이번에는 무거운 마음이 아니라 충만한 마음이다.

지하철역으로 향하는 길, 나는 생각했다.

성장이란 무엇일까? 어떤 사람이 되는 것이 진짜 성장일까?

예전에는 성장을 '더 강해지는 것', '더 성공하는 것'이라고 생각했다.

진짜 성장은 자신의 모든 시간을 사랑할 수 있게 되는 것이 아닐까.

서툴렀던 시간도, 아팠던 시간도, 헤맸던 시간도 모두 나를 만든 소중한 재료들이라고 받아들이며, 그 시간들이 있었기에 지금의 내가 있는 거라고 진심으로 감사할 수 있게 되는 것이다.

전동차가 들어오는 소리가 들렸다. 나는 마지막으로 한 번 뒤를 돌아봤다. 저 멀리 보이는 골목길 너머로 해가 완전히 저물고 있었다.

하루가 끝나 가고 있었지만 동시에 새로운 시간이 시작되고 있었다.

내가 이곳에서 찾은 건 과거가 아니었다. 그때 깨달았지만 그 시절의 나와 지금의 나를 잇는 보이지 않는 실, 시간의 강물 속에서도 변하지 않는 나의 본질 같은 연속성이었다.

변화를 두려워할 필요가 없고, 시간이 흘러도 본질적인 나는 여전히 여기 있다는 깨달음이 나에게 큰 위안을 주었다.

"오늘 나는 시간 여행을 했다. 과거로 간 게 아니라 과거가 나에게 온 것 같았다. 그리고 알았다. 시간은 우리가 생각하는 것보다 훨씬 친절하다는 것을. 그리고 너그럽다는 것을. 아픈 기억도, 부끄러운 순간도, 시간이 지나면 모두 나를 이해하게 해 주는 소중한 단서가 된다."

그래서 나는 오늘을 사랑한다. 어제를 사랑하고, 내일도 사랑할 것이다.

모든 시간이 나를 완성해 가는 소중한 과정이라는 것을 이제는 안다.

시간은 원을 그리며, 나선을 그리며, 우리에게 같은 듯 다른 순간들을 선물하면서 그렇게 흘러간다. 우리는 때로는 기억하고, 때로는 잊고, 때로는 다시 만나면서 그 선물들을 하나하나 소중히 간직하고 살아간다.

그것이 바로 삶이고, 성장이고, 사랑이다.

나는 과거와 현재가 하나가 된 채로, 등으로 바람을 맞으며 미래를 향해 한 걸음씩 걸었다.

그렇게 오래된 거리에서의 만남은 끝났지만 그 기억은 내 마음 깊은 곳에 또 하나의 소중한 이야기로 자리 잡았다.

시간은 때로 가장 친절한 치유사가 되어, 아픈 기억마저 따뜻한 이야기로 바꿔 준다.

그 이야기들을 품고 우리는 살아간다. 그리고 언젠가 누군가에게 따뜻한 기억이 되어 준다.

가을과 겨울 사이
시련이 가르쳐 준 진정한 가치

가을이 저물고 겨울이 다가온다. 나무마다 단풍으로 물들고, 낙엽이 되어 떨어져 앙상한 가지들이 하늘을 향해 뻗어 있고, 바람은 이제 겨울의 냄새를 품고 있다.

바람에 흔들리다 결국 땅에 내려앉는 그 모습을 보며, 문득 깨닫는다.

'나도 저 낙엽처럼 수없이 흔들리고 떨어지며 이 자리에 서 있구나.'

가을이 깊어갈수록 지나온 시간들이 더욱 선명해진다.

병원 침대에 누워 천장만 바라보던 긴 밤들.

사랑하는 사람과의 이별을 받아들이며 흘린 눈물, 혼자가 되

어 처음 맞이한 적막한 저녁들, 미래가 보이지 않아 발걸음이 무
겁던 수많은 날……

그때는 몰랐다. 그 모든 시련이 내게 무엇을 남겨 주려 했는지.

이 계절과 함께 보낸 시간들을 되돌아보니, 가을은 나에게 참
많은 것을 남기고 간다.

몸이 아팠을 때 나는 처음으로 건강의 진짜 의미를 알았다.

아침에 눈을 뜨는 것, 숨을 쉬는 것, 걸을 수 있는 것.

그동안 당연하게 여겼던 이 모든 것이 얼마나 소중한 선물인
지 깨달았다.

병원 복도를 천천히 걸으며 창밖을 내다보던 그 순간, 나무 한
그루, 하늘에 떠다니는 구름 한 점이 이렇게 아름다울 수 있다는
것을 처음 느꼈다. 아픔이 내게 선물한 것은 평범한 일상에 숨어
있는 기적을 보는 눈이었다.

사랑하는 사람을 떠나보내는 것만큼 아픈 일은 없었다. 밤마
다 베개를 적시던 그 시간들. 하지만 이별은 내게 더 깊은 사랑을
가르쳐 주었다.

누군가를 붙잡으려 애쓰는 것이 아니라 그 사람의 행복을 진
심으로 바라는 것이 진정한 사랑임을 알게 되었다.

잃어버린 사랑 때문에 울던 내가, 결국 더 큰 사랑으로 세상을

바라보게 되었으니 놓아주는 법을 가르쳐 주었다.

나뭇잎이 가지에서 떨어지듯, 나도 꽉 쥐고 있던 것들을 하나
씩 내려놓을 수 있게 되었다.

완벽해야 한다는 강박, 모든 것을 통제하려던 욕심, 다른 사람
의 시선에 흔들리던 마음들을 놓아주자 떨어진 잎사귀가 흙이 되
어 새로운 생명을 키우듯 더 나은 나를 위한 자양분이 되었다.

기다림의 아름다움을 알려 주는 가을은 끝이지만 동시에 준
비의 계절이었다.

나무들이 뿌리 깊숙이 양분을 저장하듯, 나도 내 안의 힘을 차
곡차곡 쌓아 가면서 성급하게 결과를 재촉하지 않고, 묵묵히 기
다릴 줄 아는 마음을 얻었다.

모든 좋은 일에는 때가 있고, 그때를 기다리는 것 자체가 성장
이라는 것을 깨달았다.

쓸쓸함마저도 아름답다는 것을 보여 주는 가을. 그 쓸쓸함은
슬픔과는 달랐다. 그것은 생의 깊이를 보여 주는 고요한 울림이
었다. 혼자 있는 시간이 외롭지 않고 오히려 소중하다는 것, 고독
속에서 나와 더 깊이 만날 수 있다는 것을 배웠다. 사람들과 함께
하는 시간도 소중하지만 나 혼자만의 고요한 시간이야말로 진짜

나를 찾는 길이었다.

　혼자인 시간이 길어질수록, 나는 내 안의 또 다른 나를 만나게 되었다. 다른 사람의 시선에 가려져 있던 내 모습, 타인의 기대에 맞춰 사느라 잊고 있던 내 목소리를 찾았다. 홀로서기는 내게 가장 소중한 친구인 나 자신과 화해하는 시간을 선물해 주었다.

　초록이던 잎이 노랗게, 빨갛게 변하고 결국 떨어지는 모습을 보며, 변화란 상실이 아니라 전환이라는 것을 알게 되었다.
　내가 변해 간다고 해서 지금의 나를 잃는 것이 아니고, 더 나은 나로 거듭나는 과정일 뿐이므로 앞으로 닥칠 변화가 두렵지 않다는 용기를 주었다.

　미래를 알 수 없어 불안했던 날들이 있었다. 계획한 대로 되지 않는 일들, 예상치 못한 변화들 앞에서 한없이 작아지곤 했다.
　하지만 그 불확실함 속에서 나는 현재의 소중함을 배웠다.
　내일을 걱정하느라 놓치고 있던 오늘의 햇살, 미래를 준비하느라 지나쳤던 지금 이 순간의 아름다움을 발견했다.
　불확실함은 내게 지금 여기, 이 순간에 충실하게 사는 법을 가르쳐 주었다.

가을과 겨울 사이, 계절의 경계에서 나는 감사한다. 내게 아픔을 주었던 모든 순간에게.

그 시련들이 없었다면 더 따뜻한 마음, 더 깊은 시선, 더 넓은 품을 가진 지금의 나는 없었을 것이다.

시련은 우리 안에 숨어 있는 강함을 깨우려고, 우리가 얼마나 소중한 존재인지 일깨워 주려고 온다.

그리고 결국, 우리를 더 아름다운 사람으로 만들어 준다.

이제 곧 겨울이 올 것이다. 하지만 두렵지 않다.

춥고 긴 겨울이 지나면 다시 봄이 올 것이고, 그 봄을 맞이하는 내 마음은 지금보다 더 넓고 따뜻할 것이다.

마지막 잎이 떨어져도, 그 모습이 슬프지 않다. 그 떨어진 잎들도 새로운 생명의 거름이 될 것이다. 나의 시련들처럼, 나의 아픔들처럼.

모든 것은 순환한다. 그리고 모든 것은 의미가 있다.

이제 겨울을 맞을 준비가 되었다.

추워도 괜찮고, 길어도 괜찮다.

봄은 반드시 온다는 것을 알고 있으니까.

그리고 그 봄이 왔을 때 나는 지금보다 더 단단하고 더 따뜻한 사람이 되어 있을 것이다.

계절은 가지만 그 계절이 남긴 마음은 영원하다.

겨울

감사와 지혜의 시간

첫눈이 내리는 저녁

겨울의 첫 울림

첫눈이 내리는 저녁에는 시간이 다른 법칙을 따른다. 창밖을 바라보다가 문득 발견한 그 하얀 점들이 천천히 내려앉는 순간, 세상은 숨을 멈춘 것처럼 고요해진다. 어제까지 익숙했던 풍경들이 하나둘 하얀 베일에 싸이면서, 우리는 마치 다른 세계로 초대받은 것 같은 기분을 느끼게 된다.

피아노에서 흘러나오는 쇼팽의 녹턴처럼, 첫눈은 소리 없이 우리의 마음의 현을 건드리고, 그 섬세하고 서정적인 선율이 눈송이들의 춤과 어우러지면서 심금을 울린다.

급한 메시지, 끝나지 않는 업무, 복잡한 인간관계들… 우리는 일상의 소음들이 모두 멀어지는 것을 느낀다. 첫눈은 세상에 고요를 선물하고, 우리에게는 잠시 멈춤의 여유를 가져다준다.

첫눈을 바라보는 것은 기도와 닮아 있다.

별다른 의도 없이, 그저 바라보는 것만으로도 마음 어딘가가 정화되는 느낌을 받는다.

하얀 눈송이들이 중력을 거스르는 듯 천천히, 어떤 것은 빙글빙글 돌면서 내려오는 모습을 보면, 우리는 자연 앞에서 겸손해진다.

릴케는 "사물을 바라보는 법을 배워야 한다"라고 했다.

첫눈이 내리는 저녁은 바로 그런 배움의 시간이다. 서두르지 않고, 판단하지 않고, 그저 바라보는 것.

눈송이 하나하나가 고유한 모양을 가지고 있듯이, 이 순간도 다시는 돌아오지 않을 유일한 시간임을 깨닫는다.

문득 기억 속에서 다른 음악이 흘러나온다. 대학 시절, 첫눈이 올 때마다 들었던 그 노래.

"The young ones, darling we're the young ones, and young ones shouldn't be afraid…" 클리프 리처드의 "The Young Ones"다.

그때의 나는 얼마나 당당했던가. 세상의 모든 가능성이 내 앞에 펼쳐져 있다고 믿었고, 첫눈이 내리는 날이면 가슴이 터질 듯 설렜다.

눈 내리는 캠퍼스를 걸으며 꿈꿨던 미래들, 사랑했던 사람과 함께 눈꽃을 바라보며 나눴던 대화들, 그 모든 것이 지금 이 순간 되살아난다.

그 시절의 첫눈은 희망의 다른 이름이었다. 새 학기에 대한 기대, 새로운 사랑에 대한 설렘, 새로운 나 자신이 될 수 있다는 믿음.

젊음이라는 특권으로 모든 것이 가능해 보였던 그때. 첫눈은 마법의 시작을 알리는 신호탄 같았다.

어린 시절, 첫눈이 오면 누구나 한 번쯤 창문에 코를 대고 한참을 바라본 기억이 있을 것이다.

그때의 우리는 아직 시간에 쫓기지 않았고, 효율성이나 생산성 같은 단어들과는 거리가 멀었다.

단지 신기하고 아름다운 것 앞에서 순수한 경이감을 느낄 줄 알았다.

성인이 된 지금, 첫눈 앞에서 다시 그 젊은 시절로 되돌아가는 것이 누구나 가능할까?

스마트폰을 꺼내 사진을 찍기보다는, 그 순간을 온전히 가슴에 담아 두려고 노력하는 것.

SNS에 올릴 완벽한 문장을 고민하기보다는, 그저 그 아름다움에 잠시 취해 보는 것. 그 시절의 설렘을 다시 느껴 보는 것.

젊은 시절의 기억들이 눈송이처럼 하나둘 내려앉는다. 도서관에서 밤 늦게까지 공부하다가 창밖에 첫눈이 내리는 것을 발견했던 그 순간의 기쁨.

연인과 손을 잡고 눈 내리는 길을 걸으며 나눴던 미래에 대한 이야기들.

친구와 함께 눈사람을 만들며 웃던 무겁지 않은 시간들.

"The Young Ones"의 경쾌한 리듬이 마음속에서 다시 울려 퍼진다.

그 시절의 나는 겨울을 두려워하지 않았다. 추위도, 어둠도, 외로움도 모두 극복할 수 있는 것들이었다.

모든 것을 이겨 낼 수 있다는 근거 없는 확신 그리고 그 확신을 현실로 만들어 내는 놀라운 에너지. 젊음이라는 것은 바로 그런 것이었다.

첫눈이 내리는 저녁, 거리의 모든 소음이 눈에 흡수되어 사라진다.

자동차의 경적 소리도, 사람들의 발걸음도, 심지어 바람 소리조차 부드러워진다.

이런 침묵 속에서 우리는 평소에 들리지 않던 소리들을 듣게 된다.

내 심장 박동 소리, 깊게 들이마시는 숨소리, 마음 깊은 곳에서 올라오는 어떤 간절함 같은 것들.

하이데거는 침묵을 '존재의 소리'라고 했다.

첫눈이 만들어 내는 이 침묵 속에서, 우리는 일상에 묻혀 잊고 있던 자신의 존재를 다시 발견하게 된다.

나는 누구인가, 나는 지금 어디에 서 있는가, 나는 무엇을 향해 걸어가고 있는가.

이런 근본적인 질문들이 눈송이처럼 조용히 마음에 내려앉는다.

창밖 풍경이 점점 하얗게 변해 가는 것을 보면서 내 마음도 함께 새로워지는 것을 느낀다.

마치 하얀 도화지를 앞에 두고 새로운 그림을 그릴 준비를 하는 화가의 마음처럼, 첫눈은 우리에게 새로운 시작의 가능성을 보여 준다.

올겨울, 나는 어떤 발자국을 남기게 될까?

첫눈이 내리는 이 저녁, 모든 것이 가능해 보인다.

아직 아무도 밟지 않은 새하얀 길들이 내 앞에 펼쳐져 있고, 나는 어디로든 걸어갈 수 있다.

이제 다른 음악이 마음을 채운다.

푸치니의 "나비부인의 허밍 코러스(Puccini's Madama Butterfly

'Humming Chorus')" 그 애절하고 아름다운 선율이 첫눈의 순수함
과 만나면서 묘한 감동을 자아낸다.

초초상(蝶々さん, 나비부인)이 사랑하는 이를 기다리며 부르는
아리아처럼, 우리도 무언가를 간절히 기다리며 살아가고 있는 것
은 아닐까.

기다림이란 참으로 아름다운 것이다.

확신 없는 미래에 대한 희망, 돌아오지 않을지도 모르는 사랑
에 대한 믿음, 이루어질지 알 수 없는 꿈에 대한 간절함.

첫눈이 내리는 이 저녁, 나는 무엇을 기다리고 있는 것일까.

첫눈은 또한 기억의 문을 열어 준다.

어느 해 겨울, 사랑하는 사람과 함께 걸었던 눈길이 떠오르고,
어린 시절 눈싸움을 하고 눈사람을 만들면서 웃던 순간들이 되살
아난다.

슬픈 기억들조차 첫눈의 순수함 앞에서는 날카로움을 잃고
부드러워진다.

기억이란 참으로 신기하다.

똑같은 장면이라도 첫눈이 내리는 저녁에 떠올리면 전혀 다
른 색깔을 갖는다.

미움이 그리움으로, 후회가 감사로, 아픔이 성장으로 변화하
는 마법이 일어난다.

나비부인의 선율이 점점 깊어지면서 눈발도 점점 더 짙어져

간다.

세상은 완전히 하얀 침묵에 잠기고, 나는 이 순간이 영원했으면 하는 바람과 동시에 이 순간이 바로 그 아름다움의 근원이라는 것도 안다.

푸치니의 음악이 담고 있는 것도 바로 그런 것일 것이다.

사랑의 아름다움과 그 사랑이 가져다주는 아픔, 희망의 소중함과 그 희망이 깨질 수도 있다는 두려움. 모든 아름다운 것은 그 덧없음 때문에 더욱 빛나는 법이다.

첫눈이 내리는 저녁은 끝남과 시작이 공존하는 시간이다.

가을의 마지막 흔적들이 하얀 눈 아래 묻히면서 겨울이 시작된다.

생명들은 긴 잠에 들고, 세상은 고요한 명상에 잠긴다.

하지만 이 죽음 같은 고요 속에서 우리는 역설적으로 생명의 약동을 느낀다.

봄을 향한 간절한 기다림이, 새로운 생명에 대한 희망이 겨울의 정적 속에서 조용히 싹트고 있음을 직감할 수 있다.

첫눈이 그치고 거리에 고요가 내려앉았다. 쇼팽의 녹턴으로 시작된 이 저녁이 푸치니의 애절한 선율로 마무리되면서 나는 한 편의 교향곡을 들은 것 같은 충만함을 느낀다. 내일 아침이면 이 하얀 세상 위로 사람들의 발자국이 새겨지기 시작할 것이다. 일상이 다시 돌아오고, 세상은 원래의 속도를 되찾을 것이다.

하지만 오늘 밤만큼은, 첫눈이 선사한 이 순수한 침묵을 간직하고 싶다. 젊은 시절의 설렘도, 현재의 성찰도, 미래에 대한 기다림도 모두 함께 기억하면서. 마음 한구석에 하얀 정원을 만들어 두고, 언제든 지치고 힘들 때 그곳으로 돌아갈 수 있도록. 첫눈이 가르쳐 준 것들, 느림의 지혜와 순간의 소중함, 아름다움 앞에서의 겸손함을 잊지 않도록.

겨울이 시작되었다.

긴 추위와 어둠이 기다리고 있지만 첫눈이 약속해 준 아름다움들도 함께 올 것이다.

나는 준비가 되어 있는가!

겨울을 사랑하고 겨울 속에서 더 깊어질 준비가.

첫눈은 매년 오지만 매번 처음처럼 우리를 놀라게 한다.

그것이 바로 기적의 정의일지도 모른다.

쇼팽에서 클리프 리처드로 그리고 푸치니로 이어지는 이 저녁의 선율처럼 우리 삶도 다양한 음색으로 채워져 간다.

차가운 공기와 따뜻한 호흡

숨을 쉴 때마다 피어나는 하얀 김이 주는 실존적 깨달음

겨울 아침, 문을 열고 첫발을 내디디는 순간이 좋다. 차가운 공기가 폐 깊숙이 스며들고, 내가 내뱉는 첫 번째 숨이 하얀 김이 되어 공중에 피어오른다. 지금까지 보이지 않던 나의 생명이 드디어 눈에 보인다는 것을 그때 문득 깨닫는다.

평소에는 의식하지 못하던 호흡이 겨울이 되면 갑자기 모습을 드러낸다. 내 몸 안의 따뜻함이 차가운 세상과 만나는 경계선에서 작은 구름들이 피어난다. 그것은 내가 살아 있다는 가장 원시적이고도 확실한 증거다.

어릴 때는 이 하얀 입김이 신기해서 일부러 후후 불어 보곤 했다. 추운 겨울날 등교길에 친구들과 누가 더 큰 입김을 만드나 경쟁하기도 했다. 그 작은 놀이가 사실은 우리 존재의 증명이었다는 것을 그때는 몰랐다.

하얀 입김은 순간적이다. 내 입에서 나온 지 몇 초 만에 차가운 공기 속으로 흩어져 사라진다. 그 덧없음을 보며 시간에 대해 생각한다.

잠깐 피었다가 이내 사라지는 우리의 모든 순간이 바로 저 하얀 입김과 같지 않을까. 그러나 분명히 존재했던 흔적들.

사르트르가 말했듯이, 우리는 시간 속에 던져진 존재다.

무한하다고 착각했던 내 시간이 실은 얼마나 한정적인지. 하얀 입김을 보며 내 삶의 유한성을 직시하게 된다.

하지만 그렇기 때문에 더 아름다운 것들이 있다는 깨달음이 있기에, 지금 이 순간을 더 소중하게 여기게 된다.

겨울 산책을 하며 규칙적으로 피어오르는 하얀 입김을 바라보면, 그것은 마치 메트로놈 같다.

들숨과 날숨이 만들어 내는 생명의 리듬, 태어나면서부터 죽는 순간까지 계속될 이 단조로운 반복.

하지만 이 단조로움 속에서 오히려 경이로움을 발견한다.

수십 년 동안 한 번도 멈추지 않고 계속되어 온 호흡이라는 기적.

의식하지 않아도 계속되는 이 자동적 과정이 실은 얼마나 신비로운 일인지 우리는 모른다.

　가끔 의도적으로 호흡을 멈추기도 한다. 10초, 20초… 곧 한계를 느껴, 그때 느끼는 것은 호흡의 절대적 필요성이다.
　호흡을 한다는 것, 선택이 아니라 필연인 이 과정이 우리 존재의 조건이다.
　혼자 걷는 겨울 길에서 하얀 입김을 내뿜을 때 우주 속 한 점의 존재로서 나 자신을 느낀다.
　광활한 우주, 차갑고 무한한 공간 속에서 내가 내뿜는 작은 온기는 미미하지만 얼마나 소중한 존재인가!

　파스칼은 인간을 '생각하는 갈대'라고 했다. 나는 여기에 덧붙이고 싶다.
　차가운 우주 속에서 따뜻한 숨을 내뿜는, 그래서 잠시나마 자신의 존재를 증명하는 '숨 쉬는 갈대'라고.
　이런 생각을 하다 보면 웃음이 나기도 한다. 거창한 철학적 성찰이 고작 하얀 입김 하나에서 시작되다니…

　명상을 하다 보니 진짜 깨달음은 언제나 이런 일상적인 순간에서 온다.
　겨울 호흡은 내 안과 밖의 경계를 선명하게 보여 준다. 내 몸

안의 따뜻함과 밖의 차가움, 나와 세상 사이의 그 절대적 경계선. 호흡을 통해 그 경계를 끊임없이 넘나든다. 밖의 공기가 안으로 들어오고, 안의 기운이 밖으로 나간다.

우리는 세상으로부터 분리된 개체이면서 동시에 세상과 끊임없이 교류하는 존재다. 완전히 독립적이지도, 완전히 종속적이지도 않은 애매한 위치에서 살아간다. 어떻게 보면 호흡은 세상과의 대화 같다.

나는 세상에게 따뜻한 숨을 선물하고 세상은 나에게 차가운 공기를 선물하는, 그 끊임없는 주고받음 속에서 삶이 이어진다. 때로는 의도적으로 깊게 숨을 쉬어 본다. 하얀 구름이 크게 피어오르는 것을 보며, 내가 더 강렬하게 존재할 수 있다는 것을 확인한다.

이것은 단순한 생물학적 현상이 아니다. 더 깊이 숨쉬기로 선택하는, 더 강렬하게 존재하기로 결정하는 의지의 문제다.

매 순간 우리는 어떻게 숨 쉴 것인지, 어떻게 존재할 것인지를 선택하고 있다. 무의식적으로 얕게 숨 쉴 것인가, 의식적으로 깊게 숨 쉴 것인가.

물론 항상 의식적으로 숨 쉴 수는 없다. 그럴 필요도 없기 때문이다.

하지만 가끔은, 특히 겨울 아침처럼 하얀 입김이 보이는 순간에는 내 호흡을 의식해 보는 것도 좋다.

추운 겨울날, 따뜻한 실내에서 밖으로 나오는 순간의 급격한 변화. 몸이 움츠러들고, 호흡이 가빠지고, 하얀 입김이 더욱 짙어진다. 이런 순간들에서 나 자신의 취약성을 절실히 느낀다.

우리는 참으로 연약한 존재다. 온도의 작은 변화에도 민감하게 반응하고, 호흡이 조금만 가빠져도 불안해진다. 하지만 바로 이 취약성이 우리를 더욱 인간답게 만든다. 강인함보다는 연약함에서, 완벽함보다는 불완전함에서 우리는 진정한 아름다움을 발견한다. 로봇은 호흡하지 않는다. 기계는 하얀 입김을 만들지 못한다.

우리가 연약하기 때문에, 환경에 의존하기 때문에 우리는 더 생동감 있는 존재가 된다.

겨울밤, 가로등 불빛 아래서 내뱉는 하얀 입김은 특별한 의미를 갖는다.

보이지 않던 내면이 잠시나마 형태를 갖고 세상에 모습을 드러내는 순간, 어둠 속에서 더욱 선명하게 보이는 그 하얀 기운은 마치 영혼이 가시화된 것 같다.

밤 늦게 집으로 돌아가는 길, 가로등 아래를 지날 때마다 내

숨이 하얀 구름이 되어 피어오른다.

그 순간들이 묘하게 위로가 된다.

'아, 나는 여전히 살아 있고, 여전히 따뜻한 생명을 품고 있구
나!'

어둠이 깊을수록 하얀 입김은 더 선명해진다. 절망이 클수록
작은 희망이 더 빛나는 것처럼.

겨울에 운동할 때의 거친 호흡은 또 다른 깨달음을 준다. 평
상시보다 빠르고 깊은 숨이 만들어 내는 더 큰 하얀 구름들. 격렬
한 생명 활동의 가시적인 증거. 이때 내가 얼마나 역동적인 존재
인지를 새삼 느끼게 된다.

하이데거가 말한 '실존'이 바로 이런 것이리라. 추위를 이겨
내고, 한계를 극복하며, 더 강렬하게 존재하려는 충동. 하얀 입김
으로 표현되는 이 원시적 에너지야말로 인간 존재의 가장 본질적
인 면모일지도 모른다. 뛰고 나서 가쁜 숨을 몰아쉴 때. 내가 살
아 있다는 것이 이렇게 확실하게 느껴지는 순간도 드물다.

아픈 날의 호흡은 평소와 다르다. 더 약하고, 더 불규칙하고,
더 간절하다. 건강할 때는 당연하게 여겼던 호흡이 갑자기 소중

해진다. 하얀 입김 하나하나가 얼마나 귀한 것인지를 실감한다.

감기에 걸려 코가 막혔을 때, 입으로만 숨을 쉬어야 할 때의 그 답답함. 평상시에는 느끼지 못했던 호흡의 소중함을 절실히 느끼는 순간이다. 우리는 언젠가 이 호흡이 멈출 것이라는 사실을 안다. 그 인식이 현재의 호흡을 더욱 소중하게 만든다.

겨울이 끝나갈 무렵, 하얀 입김이 점점 옅어지는 것을 보며, 시간의 흐름을 실감한다.

계절의 변화가 내 호흡을 통해 감지되는 순간. 외부 세계의 변화와 내 존재의 변화가 하나로 연결되어 있음을 깨닫는 순간이다.

봄이 오면 하얀 입김도 사라진다.

하지만 호흡은 계속된다. 보이지 않을 뿐이지 여전히 내 안의 따뜻함은 세상과 만나고 있다.

어쩌면 인생도 그런 것 같다.

때로는 인생도 그런 것 같다. 때로는 보이지 않지만 우리는 계속 숨 쉬며 존재한다.

계절이 바뀌어도, 세월이 흘러도.

결국 하얀 입김이 가르쳐 주는 것은 이것이다.

우리는 매 순간 숨을 쉬며 스스로의 존재를 증명하고 있다.

의식적으로든 무의식적으로든 우리는 계속 선택하고 있다.

더 깊이 숨 쉴 것인가, 더 강렬하게 존재할 것인가를.

겨울의 차가운 공기와 따뜻한 호흡이 만나는 지점에서 우리는 삶의 근본 조건을 목격한다.

유한성과 무한성, 개별성과 보편성, 취약성과 강인함이 교차하는 그 지점에서.

호흡은 우리가 의식하지 않아도 계속되는 기적이다. 하지만 겨울에는 그 기적이 눈에 보인다. 우리 존재의 증거가 하얀 김이 되어 세상에 선포된다.

매일 아침 문을 열고 첫 호흡을 내뱉을 때마다 내가 살아 있다는 증거를 매 순간 세상에 보여 주겠다고, 잠깐이지만 하얀 김처럼 분명하게, 덧없지만 아름답게 내가 살아 있다는 증거를 매 순간 세상에 보여 주겠다고, 오늘도 의식적으로 숨 쉬며 살아가겠다고 다시 한번 다짐한다.

나무들의 침묵
잎을 떨군 나무들이 보여 주는 진정한 본질

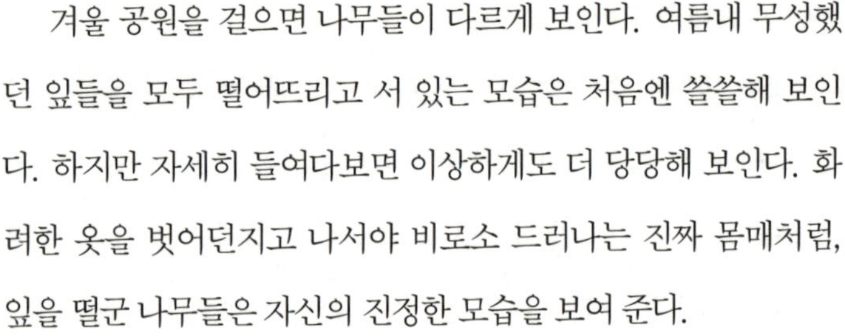

겨울 공원을 걸으면 나무들이 다르게 보인다. 여름내 무성했던 잎들을 모두 떨어뜨리고 서 있는 모습은 처음엔 쓸쓸해 보인다. 하지만 자세히 들여다보면 이상하게도 더 당당해 보인다. 화려한 옷을 벗어던지고 나서야 비로소 드러나는 진짜 몸매처럼, 잎을 떨군 나무들은 자신의 진정한 모습을 보여 준다.

어릴 때는 겨울나무가 죽은 줄 알았다. 앙상한 가지만 남은 모습이 무척 슬퍼 보였으니까. 하지만 지금은 안다. 그들은 죽은 게 아니라 가장 솔직한 모습으로 돌아간 것뿐이라는 것을. 불필요한 것들을 다 떨어뜨리고 나서야 보이는 본질, 그것이 겨울나무의 진짜 아름다움이다.

나무들은 말이 없다. 특히 겨울나무들은 더욱 조용하다. 잎들이 바람에 스칠 때 바스락거리는 소리도 없고, 새들이 지저귀며 쉬어 가는 소리도 드물다. 그저 묵묵히 서 있을 뿐이지만 그 침묵이 무의미하지 않고 오히려 가장 깊은 이야기를 하는 것처럼 느껴진다.

흔히 사람들은 침묵을 부정적으로, 할 말이 없거나 소외되거나 무력한 상태로 생각한다. 하지만 겨울나무의 침묵은 다른 선택된 침묵이리라. 불필요한 소음을 거부하고, 진정 중요한 것에 집중하기 위한 침묵이다. 마치 명상하는 수도승처럼 고요 속에서 자신의 내면을 들여다보는 시간을 갖는 것 같다.

겨울나무를 바라보다 보면 시간에 대해 생각하게 된다. 나무들은 급하지 않다. 봄이 올 때까지 때를 기다릴 뿐이다. 현대를 사는 우리에게는 참으로 어려운 일이다. 모든 것이 빨라야 하고, 즉시 결과가 나와야 하는 세상에서 살고 있지만 나무들은 수십 년, 수백 년의 시간을 품고 있다. 한 계절의 벗어짐이 겨울나무에는 단지 자연스러운 호흡, 한 박자일 뿐이다.

발자크는 "고통은 천재를 낳는다"라고 했다. 거기에 나는 침묵이 지혜를 낳는다고 생각한다.

겨울나무의 오랜 침묵 속에서 새로운 생명력이 준비되어, 봄에 돋아날 새순들이 이미 가지 끝에서 조용히 기다리고 있다.

보이지 않는 곳에서 일어나는 가장 중요한 일들을 준비하고 있는 것이다.

공원 벤치에 앉아 나무들을 바라보는 시간이 좋다.

아무 말 없이 서 있는 그들과 함께 있으면 마음이 차분해진다.

겨울나무의 침묵이 나에게 전염되는 것 같아 복잡했던 생각들이 정리되고, 불안했던 마음이 가라앉는다.

나무들이 내게 침묵의 힘을 가르쳐 주는 것 같다.

로댕은 "진정한 예술가는 무엇을 넣을 것인가보다 무엇을 뺄 것인가를 고민한다"라고 했다. 겨울나무가 바로 그런 예술가 같다. 여름의 무성함은 아름답지만 때로는 과하다. 잎이 너무 많아서 나무의 진짜 모습이 가려지기도 한다. 하지만 겨울이 되면 모든 것이 정리되어, 꼭 필요한 것만 남겨 두고 나머지는 과감히 떨어뜨린다.

우리 인생도 그렇지 않을까. 때로는 무엇인가를 더하려고 애쓰기보다는 불필요한 것들을 빼내는 용기가 필요할 때가 있다.

겨울나무처럼 본질만 남기고 나머지는 시원하게 놓아 버리는 것. 그럴 때 비로소 우리의 진짜 모습이 드러나는 것 아닐까.

여름이었다면 바람이 불어올 때 나무의 잎들이 와르르 떨며 큰 소리를 냈을 텐데, 겨울나무는 바람이 불어도 소리를 내지 않고 그저 가지들이 조용히 흔들릴 뿐이다. 그 모습이 화려함을 포기했지만 품격을 잃지 않는 노신사 같아 묘하게 위엄 있어 보인다.

어떤 이는 겨울나무가 생명력이 사라진 것처럼 보인다고 우울해하지만 겨울나무야말로 생명력의 진정한 모습을 보여 준다는 생각이 든다. 화려한 겉모습에 의존하지 않는 진짜 강함, 계절의 변화에 흔들리지 않는 내면의 힘, 기다릴 줄 아는 지혜. 이 모든 것이 겨울나무에서 느껴진다.

밤에 보는 겨울나무는 또 다른 느낌이다.

가로등 불빛에 실루엣으로 드러나는 그들의 모습은 마치 수묵화를 보는 것 같다.

없음 속에서 찾는 있음, 고요함 속에서 느끼는 생동감. 동양화에서 말하는 '여백의 미'가 바로 이런 것 아닐까.

독일계 스위스 문학가 헤르만 헤세는 "나무들은 신성한 것들이다"라고 했다. 겨울나무를 보면 그 말이 실감 난다. 그들의 침묵에는 종교적인 무엇이 있다. 교회나 절에서 느끼는 그런 경건함이 겨울 공원에도 흐른다. 나무들이 묵묵히 서서 하늘을 향해 기도하고 있는 것 같다.

아이들은 겨울나무에서도 놀이를 찾아낸다. 앙상한 가지들을 타고 오르며 즐거워한다.

어른들의 눈에는 쓸쓸해 보이는 것도 아이들에게는 여전히 신나는 놀이터다. 어쩌면 우리가 겨울나무에게서 배워야 할 것은, 상황이 바뀌어도 본질은 변하지 않는다는 이런 것일지도 모른다.

겨울이 깊어갈수록 나무들의 침묵도 깊어지고, 눈이 쌓이면 더욱 조용해진다.

하얀 눈이 소리를 흡수해 버리기 때문이다.

그럴 때 공원을 걸으면 정말 아무 소리도 들리지 않는다.

나무들과 나 그리고 침묵만 남는다. 그 순간이 참으로 소중하다.

봄이 되면 나무들은 다시 말을 하기 시작할 것이다.

새순이 돋고, 잎이 나고, 꽃이 피면서 다시 소란스러워질 것이다.

하지만 그전까지는, 나무들의 긴 명상, 깊은 호흡, 내면과의 대화뿐. 이 고요한 시간이 계속된다.

우리도 때로는 말하지 않음으로써 더 큰 이야기를 하는 법을
배우고 침묵할 줄 알아야 한다. 결국 나무들의 침묵이 가르쳐 주
는 것은 이것이다. 진정한 힘은 과시하지 않는다는 것, 깊은 지혜
는 조용히 자란다는 것, 가장 중요한 일들은 보이지 않는 곳에서
일어난다는 것이다.

겨울 공원을 나서며 나무들에게 작은 인사를 건넨다. 고마웠
다고 그리고 많은 것을 배웠다고.

침묵이 무의미한 것은 아니다. 때로는 가장 깊은 이야기가 말
없음 속에서 전해진다.

겨울나무들이 바로 그런 이야기꾼들이다.

얼음 위를 걷는 마음
위태로움과 조심스러움 사이에서

그 겨울은 달랐다. 코로나라는 이름의 또 다른 태풍이 세상을 휩쓸고 지나간 후 모든 것이 얼어붙은 것 같았다. 번화했던 거리는 텅 비었고, 늘 사람들로 붐비던 여관과 호텔들은 문을 닫았다. 시간마저 멈춘 듯 느껴지던 겨울이었다.

아침에 일어나 뉴스를 보는 것부터가 두려웠다. 어떤 소식이 기다리고 있을지 알 수 없었기 때문이다. 확진자 수, 사망자 수, 새로운 변이… 매일매일이 얇은 얼음판 위를 걷는 것 같았다. 언제 발밑이 무너질지 모르는 그런 불안감 속에서 하루하루를 버텼다.

회사에 가는 것도, 친구를 만나는 것도, 심지어 마트에 가는 것조차 조심스러워졌다. 마스크를 쓰고, 거리를 두고, 소독을 하고… 자연스럽던 모든 행동이 갑자기 의식적이고 신중한 선택이 되어 버렸다. 마치 살얼음 위를 걸을 때처럼 한 걸음 한 걸음 체중을 분산시키며 조심스럽게 발을 내디뎠다.

가장 견디기 힘들었던 것은 빈 공간들이었다. 평소에 사람들로 가득했던 카페는 텅 비었고, 웃음소리가 끊이지 않던 식당도 휑했다. 여행을 위해 예약해 두었던 여관은 연락도 없이 문을 닫아 버렸다. '빈 여관'이라는 말이 그토록 쓸쓸하게 느껴진 적이 없었다.

공간이 비어 있다는 것이 단순히 물리적인 문제가 아니라 마음의 문제라는 것을 그때 알았다.

시간도 이상해졌다. 집에 있는 시간이 길어지면서 시계는 분명히 돌아가는데 시간이 멈춘 것 같았다.

어제와 오늘의 구분이 흐려지고, 이번 주와 저번 주의 경계가 모호해졌다.

얼음이 모든 것을 얼려서 정지시켜 버린 것처럼 계획이 없어지니 시간의 의미도 사라졌다.

하지만 얼음 위를 걸으며 배운 것들도 있었다.

무엇보다 한 걸음의 소중함을 알게 되었다. 평상시에는 아무 생각 없이 성큼성큼 걸었는데, 이제는 발을 내디딜 때마다 신중했다.

이 걸음이 안전한가, 이 선택이 옳은가, 이 만남이 필요한가. 모든 것을 다시 생각하게 되었다.

사람들과의 관계도 달라졌다. 만날 수 없으니 더 그리워졌고, 안부를 묻는 말들이 더 간절해졌다. 영상 통화로 보는 가족의 얼굴이 어느 때보다 소중했고, 얼음처럼 차가워진 세상에서 사람의 온기가 얼마나 귀한 것인지 깨달았다. 거리는 멀었지만 마음은 오히려 가까워진 것 같았다.

혼자 있는 시간이 길어지면서 내면과 대화하는 법도 배웠고, 바쁜 일상에 쫓겨 미처 들여다보지 못했던 내 마음을 찬찬히 살펴보았다. 무엇이 정말 중요한지, 무엇을 놓치고 살았는지, 앞으로 어떻게 살아야 할지…… 얼음 같은 정적 속에서 찾은 답들이었다.

가끔은 정말 얼음이 깨질 것 같았다. 확진 소식을 들었을 때, 가족이 아프다는 연락을 받았을 때, 사업이 어려워진다는 이야기를 들었을 때… 그럴 때마다 발밑의 얼음이 우두둑 소리를 내며

금 가는 것 같았다. 하지만 그때마다 조금 더 조심스럽게, 조금 더 신중하게 다음 걸음을 내디뎠다.

사무엘 베케트의 '고도를 기다리며'라는 작품이 생각난다. 오지 않는 고도를 기다리며 하루하루를 버터 내는 이야기. 우리도 비슷하지 않았을까. 기다림 속에서도 삶은 계속되었고, 우리는 새로운 것들을 배웠다.

얼음 위에서는 넘어져도 다르게 넘어진다. 평소보다 더 조심스럽게 일어나고, 더 천천히 균형을 잡는다. 코로나 시대에 우리가 넘어졌을 때도 그랬다. 예전처럼 성급하게 일어나려 하지 않았다. 천천히, 신중하게, 다시 무너지지 않을 만큼 단단하게 일어서려고 노력했다.

어떤 사람들은 얼음 위를 걷는 것이 위험하다고, 불안하다고 두려워한다. 하지만 위태로운 상황에서도 우리는 걸을 수 있다는 것을, 불안한 마음으로도 한 걸음씩 나아갈 수 있다는 것을, 중요한 것은 포기하지 않고 계속 걷는 것이라고 그 경험을 통해 배웠다. 물론 쉽지만은 않았다. 때로는 왜 이런 일이 벌어졌는지 원망스럽기도 했고, 언제 끝날지 모르는 상황에 지치기도 했다.

하지만 그럴 때마다 이것도 지나갈 것이라고, 봄은 반드시 온다고, 얼음도 언젠가는 녹는다고 생각했다. 실제로 봄이 왔고, 얼음이 녹기 시작했을 때 그 기쁨을 잊을 수 없다. 백신이 나오고, 확진자가 줄어들고, 사람들이 조금씩 일상으로 돌아가기 시작했을 때… 마치 오랫동안 얼어붙었던 강물이 다시 흐르기 시작하는 것 같았다.

하지만 그 기쁨 속에서도 여전히 조심스러웠다. 얼음 위를 걸었던 기억이 우리를 더 신중하게 만들었다.

지금도 가끔 그 시절을 떠올린다.

빈 여관의 쓸쓸함, 시간의 무거움, 얼음 위를 걷는 마음의 조심스러움…

그 모든 것이 우리에게 가르쳐 준 것이 있다.

평범한 일상이 얼마나 소중한지, 서로에게 얼마나 의존하며 살고 있는지, 당연한 건 없다는 것이다.

칼 융은 "어둠을 알지 못하면 빛을 이해할 수 없다"라고 했다.

얼음 위를 걸어 본 사람만이 단단한 땅의 고마움을 안다. 위태로움을 경험해 본 사람만이 안전함의 소중함을 안다.

그래서 그 겨울은 힘들었지만 의미 있는 시간이었다고 생각한다.

요즘에도 때때로 얼음 위를 걷는 기분을 느낀다.

인생 자체가 어쩌면 얇은 얼음판 위를 걷는 것과 비슷할지도 모른다.

언제 어떤 일이 벌어질지 모르는 불확실한 상황에서 한 걸음씩 나아가는 것.

하지만 이제는 안다.

조심스럽게 걷는 법을, 넘어져도 다시 일어서는 법을, 그리고 함께 걸어가는 사람들의 소중함을.

얼음 위를 걷는 마음으로 살아가되 두려워하지는 말라는 것.

신중하되 움츠러들지는 말라는 것.

그리고 아무리 추운 겨울이라도 봄은 반드시 온다는 것.

얼음도 언젠가는 녹고, 우리는 다시 자유롭게 걸을 수 있게 된다는 것이 그 겨울이 가르쳐 준 가장 중요한 것이었다.

한 걸음 한 걸음이 얼마나 소중한지, 균형을 잡는 것이 얼마나 중요한지.

그리고 함께 걷는 사람들이 얼마나 고마운지를 얼음 위를 걸어 본 사람은 안다.

이 깨달음은 이제 나의 삶을 이끌어 가는 소중한 원칙이 되었다. 불확실하고 위태로운 상황에서도 두려움에 굴복하지 않고, 소중한 사람들과 함께 걸어가는 삶을 소중히 여기며 앞으로 나아가고 싶다.

짧은 낮과 긴 밤의 철학
어둠 속에서 찾는 내면의 빛

겨울 해는 참 성급하다. 아직 하루가 끝나지 않았는데 벌써 석양이 지고, 아직 할 일이 남았는데 벌써 밤이 온다.

이 급작스러운 어둠 때문에 처음에는 시간을 도둑맞은 것 같아 당황스러웠다.

하지만 겨울을 몇 번 보내고 나니 다르게 생각하게 되었다. 어쩌면 겨울의 긴 밤이야말로 자연이 우리에게 주는 가장 큰 선물일지도 모른다는 생각이 들었다.

어린 시절에는 어둠이 무서웠다. 밤이 되면 방 안의 모든 구석이 괴물이 숨어 있을 것 같은 공간으로 변했고, 창밖의 어둠은 무시무시한 것들로 가득한 세계 같았다. 부모님이 불을 끄고 나가면 이불을 머리까지 뒤집어쓰고 아침이 오기만을 기다렸다. 어둠이 두려운 것이 아니라 오히려 우리를 보호하는 것이라는 것을 그때는 몰랐다.

지금 생각해 보면 어둠에 대한 두려움은 대부분 상상에서 나온다. 보이지 않기 때문에 더 무섭게 느껴지는 것이다. 하지만 정작 어둠 속에 오래 있어 보면 다른 것들이 보이기 시작한다. 눈이 적응하면서 희미하게나마 형태가 드러나고, 귀가 예민해지면서 평소에 들리지 않던 소리가 들린다. 어둠은 우리의 감각을 날카롭게 만들어 준다.

겨울밤이 길어진다는 것은 성찰의 시간이 길어진다는 뜻이기도 하다. 바쁜 낮 시간에는 미처 생각하지 못했던 것들을 밤에는 천천히 곱씹어 볼 수 있다. 마치 명상하는 수도승이 어두운 동굴에서 깨달음을 얻는 것처럼, 어둠이 외부의 자극을 차단해 주기 때문에 내면에 더 집중할 수 있다.

칼 융은 "어둠을 만나지 않은 사람은 진정한 개성을 가질 수 없다"라고 했다. 밝은 곳에서는 모든 사람이 비슷하게 보인다. 하지만 어둠 속에서는 각자의 진짜 모습이 드러난다. 외부의 빛에 의존하지 않고 자신만의 빛을 찾아야 하기 때문이다. 겨울의 긴 밤은 바로 그런 자신만의 빛을 찾는 시간인 것 같다.

밤이 되면 도시도 다른 모습을 보여 준다. 낮에는 복잡하고 소란스럽던 거리가 밤에는 고요해진다. 네온사인이 하나둘 켜지면서 도시는 또 다른 아름다움을 드러낸다. 인공조명들이 만들어 내는 빛의 향연도 나름의 매력이 있지만 가끔은 그 모든 불을 끄고 진짜 어둠을 만나고 싶을 때가 있다.

시골에 가면 그런 진짜 어둠을 만날 수 있다. 가로등도 없고 네온사인도 없는, 오직 달빛과 별빛만 있는 그런 어둠. 처음에는 무서울 정도로 깜깜하지만 조금 기다리면 눈이 적응한다. 그때 비로소 도시의 밝은 불빛들이 가려 버린 진짜 하늘의 모습, 수없이 많은 별이 쏟아질 듯 밤하늘을 가득 채우고 있는 것이 보인다.

혼자 있는 밤 시간이 좋다. 가족이 모두 잠든 새벽 시간, 세상이 조용해진 그 시간에 책을 읽거나 글을 쓰거나 그냥 생각에 잠기는 것에 집중이 된다. 낮에는 너무 시끄러워서 들을 수 없었던 내 마음의 소리가 밤에는 선명하게 들리는 것은, 어둠이 소음을 걸러 주기 때문이다.

니체는 "심연을 들여다보는 자는 심연도 그를 들여다본다"라고 했다. 처음에는 무서운 말처럼 들렸는데, 지금은 어둠 속을 깊이 들여다보는 사람이 어둠 속에서도 무엇인가를 발견할 수 있다는 뜻으로 해석한다. 표면적으로는 아무것도 보이지 않는 곳에서도 숨은 진실을 찾아낼 수 있다는 것이다.

겨울밤 산책도 특별한 경험이다. 춥긴 하지만 공기가 맑고 고요해서 마음이 정화되는 느낌이다. 내 발걸음 소리만 들리는 조용한 길을 걸으면서 하루를 정리해 본다.

오늘 무엇을 했는지, 무엇을 느꼈는지, 내일은 어떻게 살아야 할지…

어둠이 일종의 고해성사 역할을 해 주는 것 같다.

어둠은 또한 평등하다. 부자든 가난한 자든, 젊은이든 늙은이든 어둠 앞에서는 모두 같다.

낮에는 신분과 지위가 한눈에 드러나지만 밤에는 그런 구분이 사라진다. 어둠이 모든 차이를 지우고 우리를 같은 조건에 놓아 둔다. 그래서 밤에는 더 솔직해질 수 있는 것 같다.

어떤 사람들은 겨울 우울증이라는 것을 겪는다고 한다. 해가 짧아지고 어둠이 길어지면서 기분이 가라앉는다는 것이다. 물론 이해할 수 있다. 빛이 부족하면 실제로 우리 몸의 리듬이 변하기도 한다. 하지만 겨울의 어둠을 적으로 보지 않고 친구로 받아들여, 어둠이 주는 선물들을 발견해 보면 어떨까 하고 조금 다르게 생각해 본다.

내면의 빛이라는 것도 어둠이 있어야 빛난다. 환한 대낮에는 촛불이 보이지 않지만 어두운 밤에는 작은 촛불 하나도 환하게 보인다. 우리 마음속 작은 희망이나 사랑이나 꿈들도 마찬가지다. 모든 것이 순조로울 때는 그 소중함을 모르지만 어려운 시기에는 그런 작은 빛들이 얼마나 귀한지 깨닫는다.

겨울 밤하늘의 별들도 그렇다. 여름밤보다 겨울밤에 별이 더 밝게 보이는 이유는 공기가 맑기 때문이기도 하지만 무엇보다 어둠이 더 깊기 때문이다. 깊은 어둠이 있어야 별빛도 더 찬란하게 빛날 수 있다. 우리 인생의 별들도 마찬가지가 아닐까.

밤에 듣는 음악도 특별하다. 낮에는 너무 감상적으로 느껴지던 곡들이 밤에는 딱 맞다. 어둠이 음악을 더 깊이 있게 만들어 주는 것 같다. 특히 겨울밤에 듣는 클래식이나 재즈는 정말 좋다. 바흐의 골드베르크 변주곡이나 빌 에반스의 피아노 곡 같은 것들이다.

어둠은 또한 기억을 선명하게 만든다. 밤에 떠오르는 추억들은 낮에 떠오르는 것들보다 더 생생하다. 어둠이 현재의 자극을 차단해 주기 때문에 과거에 더 집중할 수 있는 것 같다. 그래서 밤에는 옛 친구들이 더 그립고, 어린 시절이 더 선명하게 떠오른다.

결국 겨울의 긴 밤이 가르쳐 주는 것은 이것이다.

어둠을 두려워하지 말라는 것.

어둠 속에서도 빛을 찾을 수 있다는 것.

오히려 어둠이 있어야 진짜 빛을 발견할 수 있다는 것.

외부의 빛에만 의존하지 말고 내면의 빛을 키워 나가라는 것.

해가 짧다고 불평하지 말자. 밤이 길다고 우울해하지 말자.
대신 그 긴 밤을 우리만의 시간으로 만들어 보자.

성찰하고, 사색하고, 창조하는 시간으로.

어둠 속에서 피어나는 우리만의 작은 빛들을 발견하는 시간
으로.

겨울이 주는 가장 큰 선물은 바로 이런 어둠의 시간일지도 모
른다.

진정한 빛은 어둠 속에서 발견된다.

겨울의 긴 밤이 우리에게 가르쳐 주는 것은 외부의 빛에 의존
하지 말고 내면의 빛을 찾으라는 것이다.

그렇게 우리가 겪는 고요와 어둠 속에서도 소중한 것들을 발
견하고, 그 평화로운 밤에 감사하는 마음을 가지게 된다.

창문에 맺힌 서리꽃
자연이 그려 내는 신비로운 예술 작품

아침에 일어나 창밖을 보는 것이 겨울의 작은 즐거움 중 하나다. 밤사이 추위가 만들어 낸 기적 같은 그림들이 유리창 전체를 뒤덮고 있을 때가 있다. 서리꽃이라고 부르는 그 신비로운 무늬들, 누가 그렸는지도 모르는 정교한 레이스 같은 패턴들이 창문 가득 피어나 있다. 자연이 밤새도록 그려 낸 한 편의 추상화다.

나스의 겨울 추위는 건조하고 매섭다. 그곳의 겨울 아침이면 창문마다 섬세한 서리꽃들이 만개한다. 기하학적이면서도 자유로운 그 무늬들은 마치 수학과 예술이 만나는 지점을 보여 주는 것 같다. 각각의 결정이 완벽한 대칭을 이루면서도 전체적으로는 예측할 수 없는 아름다움을 만들어 낸다. 서리꽃의 아름다움은 추위 그 자체, 생명이 움츠러든 정적 속에서 피어나는 차가운 예술이다.

　반면 파스테르나크의 '닥터 지바고'에 나오는 시베리아의 추위는 다른 의미를 갖는다. 혁명의 혼란 속에서 지바고와 라라가 만났던 그 얼어붙은 집의 창문들. 바깥은 영하 40도의 혹독한 추위였지만 그 얼어붙은 창문 너머로는 사랑의 열기가 흘렀다. 서리꽃이 맺힌 창문은 외부 세계와 내부 세계를 가르는 경계였고, 동시에 두 사람만의 은밀한 공간을 만들어 주는 보호막이었다.

　지바고가 창문에 입김을 불어서 서리를 녹이고 바깥을 내다보던 그 장면을 생각해 본다. 사랑하는 사람의 따뜻한 숨결이 차가운 서리를 순식간에 녹여 버리는 순간, 그것은 단순히 물리적 현상이 아니라 사랑의 힘에 대한 은유였다.
　아무리 혹독한 추위라도, 아무리 절망적인 상황이라도 사랑의 온기 앞에서는 녹아내릴 수밖에 없다는 것이다.

　서리꽃을 가까이에서 보면 정말 놀랍다. 마치 누군가 가장 정교한 붓으로 그린 것 같은 세밀함이다. 나뭇가지 모양도 있고, 깃털 모양도 있고, 때로는 추상적인 기하학무늬도 있다. 같은 패턴은 절대 반복되지 않는다. 매번 새롭고 독특한 작품이 탄생한다. 자연이야말로 가장 창의적인 예술가인 것 같다.

서리꽃의 가장 특별한 점은 그 덧없음이다. 해가 뜨거나 실내 온도가 조금만 올라가도 금세 녹아서 사라진다. 몇 시간, 때로는 몇 분 만에 완전히 흔적도 없이 사라진다. 그 짧은 존재 시간이 오히려 서리꽃을 더욱 소중하게 만든다. 영원하지 않아서 더 아름다운 것들이 있기 때문이다.

어린 시절에는 서리꽃에 손가락으로 그림을 그려 보곤 했다. 손가락의 체온으로 서리가 녹으면서 투명한 선이 생겼다. 나만의 작은 낙서를 서리꽃 위에 더하는 것이 신기했다. 자연의 예술과 내가 상호작용하는 경험은 마법 같다. 이러한 기억은 지금도 따뜻한 마음을 불러일으키며, 겨울의 차가운 아침에서도 아름다움을 발견하게 해 준다.

'닥터 지바고'의 지바고와 라라가 오두막에서 보낸 시간들을 생각해 본다. 바깥은 혁명의 광풍과 시베리아의 혹독한 추위가 기다리고 있었지만 그 작은 공간 안에서만큼은 따뜻했다. 서로의 체온으로, 서로의 사랑으로 추위를 이겨 냈다. 창문의 서리꽃들도 그들의 사랑 앞에서는 자꾸만 녹아내렸을 것이다.

사랑의 열정이라는 것이 바로 그런 것 같다. 차가운 현실을 녹이는 힘, 얼어붙은 마음을 따뜻하게 만드는 마법. 서리꽃처럼 아름답지만 덧없는 것이 아니라 서리꽃을 녹일 수 있는 온기 자체. 그래서 진정한 사랑을 만난 사람들은 겨울에도 따뜻하다고 하는 것일까?

현대인들은 서리꽃을 보기 어려워졌다. 이중창, 삼중창, 단열재까지 완벽한 요즘 집들에서는 서리꽃이 맺히지 않는다. 편리해졌지만 자연의 작은 기적을 만날 기회는 줄어들었다. 뭔가 아쉬운 일이다.

서리꽃이 만들어지는 과정도 신기하다. 공기 중의 수증기가 차가운 유리면에 닿으면서 고체로 변하는 승화 현상.

액체 상태를 거치지 않고 바로 얼음 결정이 되는 것이다. 그래서 서리꽃은 일반 얼음과는 다른 독특한 구조를 갖는다. 더 섬세하고 더 복잡한 패턴을 만들어 낸다.

과학적으로 설명하면 그렇지만 여전히 마법 같다. 보이지 않던 수증기가 갑자기 아름다운 꽃 모양으로 나타나는 것이 어떻게 가능한 걸까. 자연의 법칙들이 만들어 내는 우연의 아름다움이라고 해도 여전히 경이롭다.

지바고와 라라의 사랑이 그토록 아름답게 느껴지는 이유 중 하나도 그 배경에 있는 것 같다. 혹독한 추위와 절망적인 현실 속에서 피어난 사랑이기 때문에 더욱 간절하고 뜨거웠다. 서리꽃으로 덮인 창문 너머의 세상은 차갑고 무자비했지만 그 안에서 나누는 사랑은 더욱 소중했다. 외부의 추위가 내부의 온기를 더욱 부각시켜 주었다.

요즘에도 가끔 그런 순간들이 있다. 추운 겨울날 따뜻한 카페에 앉아 창밖을 바라보거나 사랑하는 사람과 함께 있을 때 느끼는 그 특별한 온기, 바깥이 추울수록 그 온기가 더 감사하게 느껴진다. 대비가 있어야 진정한 감사를 할 수 있는 것 같다.

서리꽃의 또 다른 매력은 그 순수함이다. 인공적인 장식이나 색깔이 전혀 없이 오직 물의 결정만으로 만들어진 아름다움. 자연이 가장 단순한 재료로 만들어 내는 가장 복잡한 예술 작품. 복잡함 속의 단순함, 단순함 속의 복잡함을 동시에 보여 준다.

아침 햇살이 서리꽃에 비치는 순간도 장관이다. 투명한 결정들이 빛을 받아 반짝이는 모습은 마치 다이아몬드 가루를 뿌려놓은 것 같다. 하지만 그 아름다운 순간은 길지 않다. 햇살의 온기로 서리꽃들이 하나둘 녹기 시작하기 때문이다. 아름다움의 절정과 소멸이 동시에 일어나는 순간이다.

'닥터 지바고'에서 그들의 사랑도 그랬다. 가장 아름다운 시절에 이별이 시작됐다. 서리꽃처럼 완벽한 순간이었지만 그만큼 덧없기도 했다. 하지만 그 덧없음이 오히려 그 사랑을 더욱 기억에 남도록 했다. 영원히 지속되는 평범한 사랑보다는 짧지만 강렬했던 사랑이 더 오래 기억되는 법이니까.

창문을 뜨거운 입김으로 녹이는 행위에는 뭔가 상징적인 의미가 있다. 차가운 경계를 따뜻한 숨으로 녹여서 바깥세상과 소통하려는 노력. 닫혀 있던 것을 열려는 의지. 사랑하는 사람을 향한 간절함. 지바고가 창문에 입김을 불며 라라를 그리워했던 것처럼.

겨울이 깊어 갈수록 서리꽃도 더 정교해진다. 추위가 심할수록 더 복잡하고 아름다운 패턴이 만들어진다. 마치 시련이 클수록 더 깊은 예술이 탄생하는 것과 비슷하다. 지바고와 라라의 사랑도 그런 시련의 추위 속에서 더욱 아름다워졌을 것이다.

지바고와 라라의 사랑을 생각하면 가슴이 아프다. 그들의 사랑은 서리꽃처럼 완벽하게 덧없었다. 혁명이라는 거대한 추위 앞에서 그들이 나눌 수 있는 것은 잠깐의 온기뿐이었다. 창문에 입김을 불어 서리를 녹이는 그 작은 원형의 투명함처럼, 그들에게 허락된 사랑의 시간도 그만큼 작고 짧았다.

서리꽃은 밤새 정성스럽게 피어나지만 아침 햇살에 무너진다. 지바고와 라라의 사랑도 그랬다. 오랜 시간 속에서 서서히 자라난 감정이었지만 현실이라는 따뜻한 햇살 앞에서는 어김없이 녹아내려야 했다. 아무리 아름다운 것이라도, 아무리 진실한 것이라도 시간 앞에서는 무력했다.

창문에 서리꽃이 맺힐 때마다 그들이 생각난다. 추위 속에서 피어나는 기적 같은 아름다움을 보면서도 가슴 한편이 저려 오는 것은, 그 아름다움의 덧없음을 알기 때문이다. 라라가 마지막으로 지바고를 떠날 때 그 창문에는 어떤 서리꽃이 피어 있었을까. 이별의 순간에도 자연은 여전히 아름다운 것들을 만들어 내고 있었을까.

사랑하는 사람과 함께 창문에 맺힌 서리꽃을 바라보는 것이 이토록 애절한 일인 줄 몰랐다. 손으로 만져 보고 싶지만 만지는 순간 녹아 버릴 것을 알고, 영원히 간직하고 싶지만 곧 사라질 것을 아는 그 마음. 지바고가 라라를 바라보던 시선도 그랬을 것이다. 가질 수 없기에 더욱 간절한, 지킬 수 없기에 더욱 애타는.

완벽한 순간에 완벽하게 피어나지만 그 완벽함 때문에 오래 지속될 수 없는 어쩌면 가장 아름다운 사랑들은 모두 서리꽃 같은 운명을 타고나는 것일지도 모른다.

현실이라는 온기가 조금만 스며들어도 흔적 없이 사라져 버리는 그래서 더욱 아름답고 그래서 더욱 가슴 아픈.

오늘 아침에도 서리꽃이 피어 있기를 바라면서도, 동시에 두려워하는 마음으로 창문을 들여다본다. 그 덧없는 아름다움을 끝내 버릴 용기가 있을까. 아니면 지바고처럼 사랑하는 사람을 그리워하는 마음으로 조심스럽게 입김을 불어 작은 창을 만들고, 그 너머로 희망을 찾으려 할까.

결국 서리꽃과 사랑은 닮아 있다. 추위 속에서 태어나고, 온기 속에서 사라진다.

가장 어려운 순간에 가장 아름답게 피어나고, 가장 행복한 순간에 가장 쓸쓸하게 사라진다.

그 모순 속에서 우리는 사랑을 배운다. 영원하지 않기 때문에 더욱 소중한 것들의 이름을.

가장 차가운 겨울에 피어나는 가장 뜨거운 사랑처럼, 서리꽃은 추위가 만들어 낸 예술이지만 사랑의 온기 앞에서는 아름답게 녹아내린다.

나스의 건조한 추위든 시베리아의 혹독한 추위든 결국 이겨 낼 수 있는 것은 사랑의 힘이라는 것이다.

이처럼 서리꽃은 한편의 수수께끼 같은 존재로, 우리의 마음에 깊은 여운을 남긴다.

차가운 겨울 아침, 간신히 숨을 내쉬며 피어난 그 조그마한 아름다움은 우리에게 자연의 경이로움과 함께 사랑의 소중함을 일깨워 준다. 인정받기 어려운 현실 속에서, 이러한 조화로운 존재들이 오히려 우리에게 따뜻한 위로와 끈질긴 희망을 선사하길 바란다.

아침의 서리꽃을 바라보며, 오늘 하루에도 그와 같은 작은 기적과 마주할 것을 기대해 본다.

시간이 말을 걸어올 때
시간이 건네는 위로

언제부터였을까. 나는 서랍을 자주 열지 않게 되었다. 그 안에는 오래된 사진들, 누렇게 바랜 엽서, 고장 난 손목시계 그리고 끝내 쓰지 못한 편지들이 들어 있다. 한때는 자주 꺼내 보던 것들이지만 병과 함께 나도 조금씩 멈춰 섰고, 시간은 그 서랍을 닫은 채 조용히 흘러갔다.

그날도 겨울이었다.

눈이 조용히 내리던 날, 여관에 손님이 뜸했던 오후.

무심코 책장을 정리하다가 손에 닿은 건 낡은 상자 하나였다.

조심스레 뚜껑을 열자 그동안 잊고 있었던 시간들이 가만히 나를 바라보고 있었다.

한 장의 사진, 머리칼을 짧게 자른 젊은 내가 활짝 웃고 있었다.

내 옆에는 그 시절 함께였던 사람들의 얼굴, 그 얼굴들이 아무 말도 하지 않는데도 이상하게 나는 말을 듣는 것 같았다.

"그때의 너, 참 용기 있었다."

나는 오래된 엽서 하나를 꺼냈다.

보내지 못한 편지.

'잘 지내지?'에서 멈춘 문장.

그 아래, 당시의 흔들린 필체가 고스란히 남아 있었다. 나는 그 편지를 천천히 읽었다.

이제는 보내지 않아도 괜찮았다. 그 시절의 나와 그 시절의 사람들과 나는 이제야 진심으로 인사를 나눌 수 있었다.

시간은 앞으로만 흐르는 게 아니었다.

어떤 날, 어떤 계절에는 오히려 뒤로 흐르기도 한다.

기억 속으로 걸어 들어가 멈춰 있던 마음을 쓰다듬고, 못다 한 말을 완성하고, 놓지 못했던 것을 조용히 내려놓는 것. 그렇게 시간을 거슬러 걸은 후 나는 다시 앞으로 나아갈 수 있었다.

고장 난 손목시계를 손바닥에 올려놓았다.

바늘은 여전히 멈춰 있었지만 이상하게도 그 고요한 침묵 속에서 나는 가장 정확한 시간을 읽고 있었다.

아픔의 시간, 그리움의 시간, 용서의 시간.

시계가 재지 못하는 마음의 시간들을 말이다.

창밖으로 눈이 계속 내리고 있었다.

그 눈송이들은 마치 시간이 내게 건네는 위로처럼 차분하고 부드럽게 나의 마음을 감싸 주었다.

과거의 기억과 마주하며 느끼는 아픔과 그리움은 단순히 잊혔던 시간에 대한 소중한 회복이었고, 그 순간은 나에게 새로운 출발을 위한 용기를 주었다.

시간이 흘러가는 것은 자연스러운 일이고, 그 안에서 우리가 맞이하는 감정들도 언젠가는 앞으로는 나아가는 힘이 된다. 과거를 돌아보며 받은 위로가 있는 한 우리는 언제든지 다시 시작할 수 있는 용기를 갖는다.

사진을 다시 상자에 넣고, 서랍을 닫았다.

하지만 그날, 나는 시간을 잠시 열어 보았다.

그 안에서 나는 울고 웃고, 조용히 '괜찮다'는 말을 마음에 새겼다.

시간은 때로 아무 말도 하지 않지만 우리가 마음을 열 때 조용히 말을 걸어온다.

그 말은 기다려 온 위로였다. 그리고 내가 다시 살아갈 힘이 었다.

병이 내게 가르쳐 준 것은 시간의 소중함이 아니라 시간의 온도였다.

차가운 시간이 있고, 따뜻한 시간이 있다.

아픈 시간이 있고, 치유하는 시간이 있다.

그리고 모든 시간은 결국 우리 편이라는 것.

저녁이 되었다.

여관에 불을 켜고, 차 한 잔을 우렸다.

오늘 하루도 시간과 함께 걸었다.

내일도 그럴 것이다.

시간이 말을 걸어올 때 나는 귀 기울일 것이다.

그 속삭임 속에서 나는 매일 조금씩 온전해져 간다.

눈은 여전히 내리고 있지만 내 마음속에는 벌써 봄이 와 있었다.

눈 쌓인 길을 걸으며
겨울 바다를 걷다

밤새 눈이 내리고 다음 날 아침, 나는 바다로 향하는 길을 걷기 시작했다.

온 세상이 하얗게 덮인 겨울, 사람 하나 없는 눈길 위에 조심스레 첫 발자국을 내디뎠다.

발밑에서 뽀드득 소리가 난다. 귀를 기울이면, 그 소리마저 따뜻하게 느껴진다.

숨을 내쉴 때마다 하얀 입김이 퍼지고, 그 안에 지난 계절들이 흩어진다.

겨울 바다는 참 조용하다. 여름 내내 사람들로 북적이던 그곳이, 지금은 아무 말도 없이 나를 맞이한다.

회색빛 하늘과 바다가 맞닿은 수평선은, 무언가를 오래 기다려 온 표정 같다.

철썩이는 파도도 조심스럽게, 부서지지 않으려는 듯 살며시 모래 위를 쓰다듬는다.

나는 바다 옆에 눈이 쌓인 길을 따라 천천히 걷는 동안 스스로에게 말 걸 듯 생각에 잠긴다.

나는 어디까지 왔을까.

암을 진단받던 순간, 모든 것이 멈춘 줄 알았던 그해의 겨울 이후 시간은 멈추지 않았고, 나는 살아 있었고, 걷고 있었다.

혼자서 걷는다는 건 언제나 나를 되돌아보게 한다.

걸음마다 쌓여 있던 기억들이 스며 오고, 길 위에서 나는 자주 나 자신과 만난다.

야마가타에서 보냈던 추운 겨울날들, 아이들과 마주 보고 웃으며 걷던 강가의 좁은 길 그리고 혼자서 동해의 겨울 바다를 바라보며 울었던 날.

그 모든 장면이 내 안에서 포개지며 눈처럼 가라앉는다.

조금 더 걷다가 멈춰 선다.

하얀 백사장, 멀리 떠다니는 배, 부유하듯 날아오르는 갈매기.

나는 그 바다를 바라보며 생각했다.

여기까지 오는 데 오랜 시간이 걸렸지만 나쁘지 않았고, 모든 겨울이 아팠던 것은 아니었다고.

　그리고 다시 걷기 시작한다. 내가 걸어온 길에는 선명한 발자
국이 남아 있다.
　누군가와 함께 걷는 건 아니었지만 이 길 위에 내가 있었다는
조용한 증거다.
　눈이 녹으면서 내 발자국은 사라지겠지만 지금 이 순간은 분
명 존재했다.
　그래서 나는 기억할 것이다. 지금의 이 바다와 이 길을.

　바다를 바라보고 있노라면, 파도가 밀려왔다 빠져나가는 것
이 마치 내 인생의 리듬 같다는 생각이 든다.
　때로는 격렬하게 몰아쳤던 파도들, 때로는 조용히 속삭이듯
스쳐 간 잔물결들.
　그 모든 것이 모래 위에 흔적을 남기고 다시 바다로 돌아간다.

　병원에서 나올 때의 그 막막함도 그랬다. 거대한 파도가 나를
덮치는 것 같았다.
　숨이 막히고, 앞이 보이지 않았다. 하지만 파도는 영원히 머
물지 않는다.
　물러가면서 새로운 모래밭을 드러내고, 그 위에 새로운 이야

기가 시작된다.

나는 견디는 법을, 기다리는 법을 그리고 다시 걷는 법을 그렇게 배웠다.

아이들이 어렸을 때 함께 바닷가에서 모래성을 쌓곤 했다. 파도가 밀려와 성이 무너질 때마다 아이들은 울었지만 곧 다시 새로운 성을 쌓기 시작했다.

그때는 아이들의 그 단순함이 부러웠는데, 지금 생각해 보니 그것이야말로 삶의 진리였다.

무너져도 다시 쌓고, 지워져도 다시 그리고, 사라져도 다시 만드는 것.

겨울 바다는 차갑다. 하지만 그 차가움 안에는 묘한 위로가 숨어 있다.

여름의 뜨거운 햇살 아래서는 느낄 수 없었던 고요하고 깊은 평안이다.

바다는 나의 아픔을 달래 주겠다고 하지도 않고, 마치 오랜 친구의 말 없는 동행처럼, 그저 거기 있었다.

괜찮다고 위로도 하지도 않으면서, 그냥 존재한다.

바람이 불어온다. 차갑지만 견딜 만하다.

어디선가 와서 어디론가 가는 바람이지만 내 곁을 스쳐 가면서 조금의 온기를 가져가고, 조금의 시원함을 남기고 간다.

주고받는 것, 그것이 살아 있다는 증거인 지도 모른다.

발가락이 시려 온다. 그제야 나는 내가 여전히 살아 있음을 느낀다.

추위를 느낄 수 있다는 것, 걸을 수 있다는 것, 바다를 볼 수 있다는 것.

이 모든 것이 기적이다. 예전에는 당연하게 여겼던 것들이, 이제는 하나하나가 선물처럼 느껴진다.

목도리를 더 꽁꽁 싸맨다.

엄마가 뜨개질해서 만들어 준 이 목도리는 엄마의 마지막 겨울 선물이었다.

조금 보풀이 일었지만 나는 엄마의 손길이 그대로 남아 있는 것 같아서 고치지 않고, 그대로 쓰고 있다.

사람은 떠나가도 사랑은 이렇게 남아서, 추운 겨울날 내 목을 따뜻하게 감싸 준다.

뒤를 돌아본다.

내가 걸어온 길에 발자국들이 일렬로 늘어서 있다. 어떤 것은 선명하고, 어떤 것은 바람에 조금 지워졌다.

하지만 모든 발자국이 내가 여기 있었다는 것을, 내가 이 길을 걸었다는 것을 증명한다.

사람이 살아간다는 것도 이와 같지 않을까.

우리는 모두 자신만의 발자국을 남기며 산다. 때로는 깊고 선명하게, 때로는 가볍게 스쳐 가듯이, 그 흔적들은 시간이 지나면 지워질지도 모르지만 그 순간만큼은 분명히 존재했다.

내가 아이들에게 들려준 옛날이야기들, 친구와 나눈 진심 어린 대화들, 길에서 마주친 낯선 이에게 건넨 작은 미소들.

그 모든 것이 누군가의 마음에 작은 발자국을 남겼을 것이다.

내가 기억하지 못하는 사이에도, 내가 알지 못하는 곳에서도, 그 흔적들은 계속 퍼져 나간다.

말로 전달을 못하는 아들이 가끔 내가 생일 때 미역국을 끓이는 모습을 보며 환한 표정을 짓는다.

눈을 반짝이며 코를 킁킁거리고, 두 손을 모아 기도하듯 하는 그 작은 몸짓에서 나는 안다.

'아, 이 아이가 그 맛을 기억하고 있구나.'

그때마다 나는 조금 놀란다.

나는 그저 당연한 일을 했을 뿐인데, 아이에게는 그것이 특별한 기억으로 남아 있었다.

우리는 모르는 사이에 서로의 인생에 흔적을 남기고 있었다.

바다 쪽으로 더 가까이 간다.

파도가 발끝까지 와서 스치고 간다.

차가운 바닷물이 신발을 적시지만 나는 한 발짝 물러서지 않는다.

살아 있어, 여기 서 있다는 것을 이 순간에 온몸으로 느끼고 싶어서다.

문득 생각한다.

내가 진짜 무서워했던 것은 죽음이 아니었을지도 모른다.

잊히는 것, 흔적도 없이 사라지는 것, 아무도 나를 기억하지 않게 되는 것.

그것이 더 무서웠던 것 같다.

몸은 흙으로 돌아가지만 우리가 나눈 사랑은, 우리가 전한 따뜻함은, 우리가 남긴 작은 친절들은 계속 남아서 다른 사람의 삶을 따뜻하게 만들고, 사라지지 않는다는 것을 지금 나는 안다.

바다가 속삭인다.

다 괜찮다고, 너는 충분히 잘 걸어왔다고.

그 목소리는 엄마의 목소리 같기도 하고, 내 안의 또 다른 나의 목소리 같기도 하다.

나는 고개를 끄덕인다.

그래, 나는 잘 걸어왔다. 넘어지기도 했고, 길을 잃기도 했지만 포기하지 않았다.

내 발자국들이 해변을 따라 길게 이어져 있는 그 끝에 내가 서 있다.

내일이면 새로운 눈이 내려서 이 발자국들을 덮을지도 모른다. 하지만 모든 길은 연결되어 있고, 모든 여행자는 서로의 이야기를 이어가리라.

집으로 돌아가는 길, 나는 다시 걷는다. 이번에는 바다를 등지고, 따뜻한 집을 향해 서 있다.

지금까지의 여행이 끝나는 것이 아니다. 새로운 계절이, 새로운 길이, 새로운 이야기가 기다리고 있다.

겨울은 끝의 계절이 아니다. 다음 봄을 준비하는 계절이다.

씨앗들이 땅속에서 꿈꾸는 계절, 다시 올봄에, 다시 걸을 길에, 다시 만날 사람들에 대해서 나도 꿈꾼다.

그때까지 나는 천천히, 조심스럽게, 하지만 멈추지 않고 걸을 것이다.

눈 쌓인 길을 걸으며 나는 배웠다. 인생은 목적지가 아니라 여행 그 자체라는 것을.

우리가 남기는 흔적은 영원하지 않을지도 모르지만 그 순간의 진심은 영원하다는 것을.

그리고 가장 추운 겨울에도, 바다는 우리를 기다리고 있다는 것을.

집에 돌아가면 창밖의 눈을 바라보며, 따뜻한 차와 함께 오늘의 걸음을 반추하면서, 내일 또 다른 길을 걸을 준비를 할 것이다.

나는 여행자이고, 길은 계속 이어져 있으니까.

발자국은 지워져도, 걸었던 기억은 남는다. 그리고 그 기억이 나를 다시 길 위로 이끌 것이다.

겨울 바다가 그랬듯이, 조용하지만 따뜻하게 내 곁에서 늘 기다려 줄 것이다.

이제는 새로운 시작을 위한 발판이 되어 줄 그 바다의 모습이 내 마음속에 선명하게 남아 있다.

그 길은 앞으로도 계속 이어지고, 나는 그 길을 따라 다시 걸어갈 것이다.

얼어붙은 연못의 깊이
겨울의 지혜

　한겨울, 낮은 언덕 아래 연못이 완전히 얼어붙었다. 깨끗하고 매끄러운 얼음 표면 위로 아이들의 발자국이 찍히고, 나뭇가지들이 떨어져 있는 그 광경은 마치 시간이 멈춘 풍경처럼 보였다.

　햇빛조차도 조심스럽게 얹혀 있는 듯 연못은 고요했고 침묵했다.

　그 차디찬 얼음 밑에서 물은 여전히 흐르고 있고, 그 흐름 속 어딘가에 미세하게나마 생명이 꿈틀거리고 있다는 것을 우리는 알고 있다.

　보이지 않는다고 해서 존재하지 않는 것은 아니다. 표면은 때때로 모든 것을 감추고, 사람들은 그 표면만을 믿는다.

　단단히 얼어붙은 얼음을 보며 "죽어 있다"라고 말한다. "움직임이 없다"라고 단정한다.

그러나 깊은 곳에서 여전히 숨결이 이어지고 있다는 것을 그들은 모른다.

나는 나 자신을 그 연못에 비춰 본다. 수년간 병마와 싸우며, 나는 수없이 많은 사람 앞에서 얼어붙은 표정을 지었다. 아무렇지 않은 척, 평온한 척. 하지만 그 속에서는 눈물의 물결이 일렁였고, 고통이 아프게 지나갔고, 아주 가느다란 희망이 한 점 빛처럼 떠 있었다.

나를 바라보는 이들은 '강하다'라고 말했지만 나는 그 말이 때론 더 외로웠다. 강함이 아니라 어쩔 수 없는 침묵이었을 뿐이다. 진실은 언제나 가장 깊은 곳에 숨는다.

우리가 살아가는 세상은 표면의 언어로 가득하다.

첫인상, 외모, 성과, 소유물들이 한 사람을 규정한다고 믿는다.

마치 두꺼운 얼음층이 그 아래 모든 것을 가려 버리듯, 우리는 겉으로 드러나는 것만을 진실이라 여긴다.

하지만 니체가 말했듯이 가장 깊은 것들은 가장 표면적인 모습을 하고 나타난다.

진정한 강인함은 때로는 연약함으로 위장하고, 가장 큰 슬픔은 가장 밝은 미소 뒤에 숨어 있다.

표면이 보여 주는 것은 종종 내면의 정반대이다.

연못의 얼음이 두꺼울수록 그 아래 물의 흐름은 더욱 신비로워진다.

보이지 않는 곳에서 일어나는 일들이야말로 가장 본질적인 진실이다.

산소를 만들어 내는 식물들, 겨울잠을 자는 물고기들, 끊임없이 순환하는 미세한 생명력들…… 이 모든 것이 침묵 속에서 생명의 기적을 이어간다.

프랑스의 철학자 가스통 바슐라르는 물을 '내밀한 존재의 원소'라고 불렀다.

물은 형태를 바꾸고, 장애물을 돌아가며, 때로는 얼어붙어 정적인 상태가 되어도 결코 본질을 잃지 않는다.

내 안의 연못도 그러하다. 수년간 쌓인 상처들이 얼음이 되어 표면을 덮었지만 그 아래에는 여전히 사랑할 수 있는 능력이, 희망할 수 있는 힘이, 타인을 이해하려는 의지가 흐르고 있다. 이것이야말로 진정한 나의 정체성이다.

때로는 이 내면의 강물이 너무나 잔잔해서 마치 멈춘 것처럼 느껴진다. 하지만 고요함과 정지는 다르다. 고요함은 깊이에서 오는 평화이고, 정지는 생명의 부재이다. 내 안의 깊은 곳에서는 언제나 무언가가 움직이고 있다. 그것은 성장이고, 치유이고, 변화이다.

우리가 만나는 모든 사람도 각자의 얼어붙은 연못을 품고 있다.

무뚝뚝해 보이는 사람의 마음 깊은 곳에는 상처받지 않으려는 방어기제가 작동하고 있을지 모른다.

항상 웃는 사람의 내면에는 남들을 편안하게 만들려는 따뜻한 배려가 흐르고 있을 수 있다.

진정한 만남은 표면을 넘어서는 것이다. 상대방의 얼음층을 깨뜨리려 하는 것이 아니라 그 아래 흐르는 따뜻한 물살의 존재를 인정하는 것이다.

때로는 그저 묵묵히 곁에 있어 주는 것만으로도, 상대방은 자신의 깊이가 이해받고 있다는 것을 느낄 수 있다.

마르틴 부버가 말한 '나와 너'의 관계는 바로 이런 것이다.

서로의 표면적 모습을 넘어서 깊은 존재끼리의 만남. 얼어붙은 표면 위에서도 서로의 내면에 흐르는 생명력을 알아보는 것이다.

겨울은 우리에게 기다림의 철학을 가르친다. 모든 것이 멈춘 듯한 계절이지만 실상은 가장 깊은 준비가 이루어지는 시간이다.

나무들은 뿌리 깊숙이에서 봄을 위한 에너지를 축적하고, 씨앗들은 땅속에서 발아의 순간을 준비한다.

내 삶의 겨울도 그랬다. 병상에 누워 있던 시간들, 아무것도 할 수 없었던 무력한 날들이 사실은 가장 소중한 내적 성장의 시간이었다. 표면적으로는 아무런 성과도, 발전도 없어 보였지만 그 시간 동안 나는 삶의 본질에 대해, 진정한 가치에 대해, 존재의 의미에 대해 깊이 사유할 수 있었다.

릴케는 말했다.

"겨울은 내면을 향한 계절이다."

외부의 화려함이 사라진 자리에 진정한 내면의 풍요로움이 드러난다. 얼어붙은 연못의 고요함 속에서, 우리는 비로소 자신의 가장 깊은 소리를 들을 수 있다.

하지만 겨울은 영원하지 않다. 아무리 두꺼운 얼음도 언젠가는 녹는다.

햇살이 조금씩 따뜻해지고, 바람이 부드러워지면, 단단했던 표면에 균열이 생기기 시작한다.

그리고 어느 날 작은 틈 사이로 물이 고개를 내밀며 세상에 인사한다.

그때의 기쁨이란! 오랫동안 숨어 있던 생명이 다시 빛을 보는 순간의 환희란!

연못의 물이 다시 흐르기 시작할 때 그 물결은 더욱 맑고 투명해진다. 겨울 동안 정화 과정을 거쳐, 봄의 물은 더욱 생명력 넘친다.

나는 지금 내 안에서 그리고 내 주변의 모든 사람 안에서 일어나고 있는 보이지 않는 흐름들을 믿는다.

표면이 아무리 차갑고 딱딱해 보여도, 그 아래에는 언제나 따뜻한 생명이 흐르고 있다는 것을.

우리는 모두 얼어붙은 연못을 안고 살아간다. 겉으로는 단단해 보이고, 모든 것을 이겨 낸 듯하지만 그 안에는 아직 끝나지 않은 질문과 이해받지 못한 감정들, 꺼내지 못한 말들이 흐르고 있다.

어쩌면 삶이란 이처럼 보이지 않는 흐름을 믿는 것에서, 겉모습이 아니라 그 아래의 따뜻함을 발견하려는 의지에서부터 시작되는지 모른다.

침묵 속에서도 생명은 쉬지 않고 흐르고, 멈춰 보이는 것조차 움직이고, 차가운 표면 아래에도 따뜻한 진실이 살아 숨 쉰다고, 겨울은 내게 말해 준다.

지금 내 안의 연못이 얼어붙어 있더라도 나는 그 깊이를 믿기 때문에 괜찮다.

다시 봄이 오면, 이 얼음도 언젠가 녹아 흐를 테니까.

"진실은 얼음 아래 깊은 곳에서 기다린다. 봄이 오면, 모든 것이 다시 흐르기 시작할 것이다."

이 단순한 진리 속에서 우리는 희망을 찾을 수 있다.

겨울이 지나가는 동안 그 안에 숨은 따뜻한 진실과 재생의 가능성을 믿으며, 우리는 더 나은 내일을 기대할 수 있다.

조용한 용서
눈 내리는 날의 편지

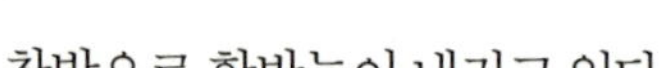

창밖으로 함박눈이 내리고 있다.

하얀 눈송이들이 천천히, 조용히 땅에 내려앉는 모습을 보며 이 편지를 쓴다.

이것은 아마도 내가 나에게 마음속으로 쓴 용서에 관한, 놓아 줌에 관한 마지막 편지가 될 것이다.

오랫동안 내 마음 한구석에는 여러 개의 상처들이 자리하고 있었다.

어린 시절 나를 이해해 주지 못했던 사람들, 내 진심을 외면 했던 친구들, 나의 꿈을 비웃었던 이들, 내가 힘들 때 등을 돌렸던 사람들.

그들은 모두 내 삶의 어느 순간을 스쳐 지나갔지만 상처는 계절이 바뀌어도 아물지 않았다.

나는 그 상처들을 보물처럼 간직했다. 아니, 정확히는 무기처럼 품고 있었다.

세상이 나를 다시 아프게 할 때를 대비해서, 상처는 나의 방어막이 되었고, 동시에 나의 감옥이 되었다.

그런데 오늘, 이 추운 겨울날에 문득 깨달았다. 나는 너무 오랫동안 추위 속에서 살았구나.

몸뿐 아니라 마음도 꽁꽁 얼어붙어서, 따뜻함을 느낄 줄 모르는 사람이 되어 버렸구나.

이제 결심한다. 나는 나를 용서하기로 했다. 너무 쉽게 상처 받았던 것을, 그 상처를 너무 오래 붙들고 있었던 것을, 사람들에게 마음을 닫아 버린 것을.

그리고 나를 아프게 했던 모든 사람을 용서하기로 했다. 그들을 이해하기 위해서가 아니라 나를 자유롭게 하기 위해서.

용서는 따뜻했다. 마치 얼어붙은 손을 모닥불에 녹이는 것처럼, 오랫동안 차가웠던 내 마음이 서서히 풀어지기 시작했다. 그리고 그 따뜻함 속에서 나는 비로소 진짜 나를 따뜻하게 해 주는 것들을 발견하기 시작했다.

작은 온기가 만드는 따뜻한 변화

책장을 넘기는 소리와 함께 찾아오는 새로운 세계들.

아무도 보지 않는 새벽 시간에 쓰는 일기 한 줄 한 줄.

비 오는 날 창가에서 마시는 따뜻한 차 한 잔의 온기.

혼자만의 시간 속에서 발견하는 고요한 평화.

길에서 마주친 강아지가 꼬리를 흔드는 것.

예상치 못한 순간에 들려오는 좋아하는 노래.

오래된 친구가 보낸 안부 메시지 한 통.

내가 좋아하는 사람의 웃음소리.

완성된 요리에서 피어오르는 김과 냄새.

새로 산 양말을 신을 때의 작은 기쁨.

미술관에서 만난 그림 한 점이 주는 감동.

엄마가 해 주신 어린 시절 이야기.

꽃집 앞을 지날 때 풍겨 오는 꽃향기.

밤하늘에 별 하나를 발견했을 때의 설렘.

처음 시도해 본 일이 생각보다 잘되었을 때의 뿌듯함.

누군가에게 작은 도움이 되었다는 것을 알았을 때의 보람.

혼자 영화를 보다가 예상치 못하게 울컥했을 때.

산책길에서 만난 고양이와의 짧은 눈 맞춤.

좋아하는 작가의 새 책이 나왔다는 소식.

계절이 바뀌는 것을 처음 느끼는 순간.

내가 심은 화분에서 새싹이 돋아났을 때.

오랜만에 찾은 추억의 장소에서 느끼는 그리움.

잠들기 전 베개에 머리를 댈 때의 안도감.

아무 이유 없이 기분이 좋은 날의 가벼움.

내 손으로 만든 무언가를 누군가가 좋아해 줄 때.

실수해도 괜찮다고 말해 주는 내 목소리.

나를 따뜻하게 해 주는 것들은 거창하지 않다는 것을 이 목록을 적으면서 깨달았다.

매일의 작은 순간들, 소소한 기쁨들, 혼자만의 소중한 시간들이 모여서 내 마음에 불을 지펴 준다는 것을.

상처들이 나를 차갑게 만들었다면, 이제는 이런 따뜻한 것들이 나를 다시 녹여 줄 차례다.

용서는 그 시작일 뿐이다. 진짜 치유는 매일매일 내가 나에게 주는 작은 온기들로 이루어진다.

눈은 여전히 내리고 있지만 더 이상 춥지 않다. 내 안에 작은 화로가 생겼기 때문이다.

그 화로에는 용서라는 장작이 타오르고 있고, 나를 따뜻하게 해 주는 모든 것이 그 불을 더욱 밝게 만들어 준다.

이제 나는 안다. 진정한 평화는 상처가 없는 상태가 아니라 상처를 받아들이고 그럼에도 불구하고 따뜻함을 선택하는 것이라는 걸. 용서를 통해 얻는 자유는 다시 사랑할 수 있는 힘이라는 걸.

안녕, 차가웠던 나의 마음.
안녕, 따뜻한 새로운 시작.

눈 내리는 날 밤, 마음에 불을 지키며 나로부터 나에게.
이 작은 온기들이 나를 다시 일으켜 세우고, 앞으로 나아갈 수 있는 힘을 준다는 사실을 잊지 않겠다.

겨울새들의 노래
다시 꿈을 꾼다는 것

겨울 산책길. 어느 날 문득 매서운 바람 속에서도 어디선가 또렷이 들려오는 지저귐에 발걸음을 멈췄다. 눈발이 날리는 나뭇가지 위, 작고 여린 새 한 마리가 얼어붙은 세상 속에 있었다. 그렇게 노래할 이유가 있을까 싶을 만큼 삭막한 계절인데도 목청껏 노래하고 있었다.

겨울에도 노래하는 새들은, 어쩌면 봄을 부르는 이들일지도 모른다. 아직 오지 않은 계절을 향해, 올 거라고 믿으며 부르는 작은 노래. 그것은 마치 꿈꾸는 행위처럼 보였다.

보이지 않는 미래를 향해 마음을 던지는 것. 혹은 아직은 허락되지 않은 희망을 먼저 입안에 담아 보는 용기.

암 진단을 받은 후 나는 오랫동안 꿈을 꾸지 않았다. 내일을 이야기하는 것이 사치처럼 느껴졌고, 바라는 일은 곧 실망으로 돌아온다고 여겼다. 아픈 몸은 마음까지 작게 만들었다.

하지만 치료 중이던 어느 날, 병원 창밖에서 들려오던 새 한 마리의 지저귐이 나를 멈추게 했다.

죽음에만 매달려 있던 시선이 조용히 고개를 돌렸다. 그리고 나도 모르게 이렇게 생각하고 있었다.

'저 새는 무슨 꿈을 꾸는 걸까?'

그날 이후 나는 아주 작고 사소한 꿈을 하나씩 떠올리기 시작했다.

언젠가 다시 바다를 보러 가고 싶다.

언젠가 책을 완성해 사람들에게 전하고 싶다.

언젠가 아이들과 손을 잡고 산책하고 싶다.

그 '언젠가'라는 말은 처음엔 불안했지만 반복할수록 나를 살게 했다.

꿈꾸는 것은 확신이 아니라 가능성의 씨앗을 품는 일이었다.

마치 겨울새들이 혹한 속에서도 부르는 노래처럼. 그 노래는 봄을 당장 불러올 수는 없지만 봄이 반드시 올 거라는 믿음을 품게 한다. 희망은 확신보다 약하지만 그래서 더 단단하다.

　암 투병은 내게 삶의 언어를 다시 가르쳐 주었다. 예전에는 큰 성취와 화려한 계획으로만 미래를 그렸다면, 이제는 작은 일상의 기적들로 하루를 채워 간다.

　아침에 눈을 뜨는 것, 따뜻한 차 한 잔의 온기, 사랑하는 사람의 안부 전화, 이 모든 것이 선물이라는 걸 알게 되었다.

　꿈의 크기도 달라졌다. 세상을 바꾸는 웅대한 꿈 대신, 오늘을 온전히 살아 내는 소박한 꿈을 꾼다.

　그런 꿈들이 모여 삶이라는 거대한 노래를 만들어 간다는 것을, 겨울새의 지저귐이 알려 주었다.

　그 새는 세상에서 가장 작은 성악가였지만 동시에 가장 용감한 희망의 전령이기도 했다.

　때로는 치료의 부작용으로 몸이 무너질 듯 아프거나 미래에 대한 두려움이 밀려올 때가 있다.

　그럴 때마다 나는 그 겨울새를 떠올린다.

　혹한 속에서도 멈추지 않았던 그 작은 목소리를.

　생존 자체가 기적적인 상황에서도 끝끝내 자신만의 멜로디를 만들어 내던 그 강인함을.

희망이란 무엇인가? 그것은 확실한 미래를 보장하는 것이 아니라 불확실한 현재를 견딜 수 있게 하는 힘이다. 마치 겨울새가 봄의 확신 없이도 봄을 부르는 노래를 멈추지 않는 것처럼.

우리는 완치의 보장 없이도 완치를 꿈꿀 수 있고, 영원한 행복의 약속 없이도 오늘의 작은 기쁨을 누릴 수 있다.

꿈꾸는 것 자체가 치유라는 것을 이제 나는 안다.

희망을 품는다는 것은 미래를 통제하는 것이 아니라 현재를 사랑하는 방법이라는 것을.

겨울새들이 노래하는 이유는 봄이 올 것을 확신해서가 아니라 노래하는 지금 이 순간이 이미 봄이기 때문일지도 모른다.

지금도 가끔 생각한다.

겨울 산책길에서 만난 그 새가 없었더라면, 나는 여전히 '살아남는 일'에만 갇혀 있었을지도 모른다.

겨울에도 노래하는 생명.

시련 속에서도 끝끝내 자신의 소리를 내는 존재.

그 새는 내게 말하고 있었다.

"포기하지 마. 너의 계절은 끝나지 않았어."

그렇다. 우리의 계절은 끝나지 않았다.

설령 겨울이 길어진다 해도, 우리 안의 봄은 여전히 숨 쉬고 있다.

때로는 희미하게, 때로는 또렷하게.

중요한 건 그 봄을 믿고 기다리는 것이 아니라 지금 이 겨울 속에서도 봄의 노래를 부르는 것이다.

암이 가져다준 절망의 시간 속에서, 나는 역설적으로 삶의 진짜 의미를 발견했다.

그것은 죽음을 피하는 것이 아니라 살아 있는 매 순간을 온전히 경험하는 것이었다.

고통도, 기쁨도, 두려움도, 사랑도 모두 삶의 일부로 받아들이며, 그 모든 것으로 나만의 노래를 만들어 가는 것이었다.

이제 나는 날마다 아주 작은 노래를 부른다. 누군가에게 들리지 않아도 괜찮다.

내 안의 봄이 길을 잃지 않도록, 겨울 속에서 꿈을 불러 보는 것이다.

항암 치료로 힘든 날에는 더 작은 목소리로, 컨디션이 좋은 날에는 조금 더 큰 소리로.

그렇게 나는 매일 나를 부르고, 내일을 부르고, 희망을 부른다.

겨울에도, 우리는 노래할 수 있다.

꿈꾸는 것은, 살아 있다는 증거니까.

그리고 때로는 이런 생각도 한다.

나의 작은 노래가 또 다른 누군가의 겨울에 작은 온기가 되기를.

내가 그 겨울새의 노래에서 희망을 발견했듯이,

누군가도 내 목소리에서 포기하지 않을 이유를 찾기를.

우리는 모두 겨울을 지나는 새들이다.

때로는 혹독한 추위에 몸을 떨며,

때로는 어디서 먹이를 구할지 막막해하며.

그럼에도 우리는 노래한다.

왜냐하면 노래하는 것이 살아 있는 것이고,

살아 있는 것이 희망이기 때문이다.

겨울은 끝이 아니다. 새로운 시작을 준비하는 시간이다.

그리고 그 준비는 조용히 기다리는 것이 아니라 지금 이 순간 최선을 다해 노래하는 것이다.

작더라도, 서툴더라도, 남들에게 들리지 않더라도.

내 안의 봄을 믿으며 부르는 노래.

그것이 바로 희망이다.

이 노래가 내게 그리고 누군가에게 작은 위로가 되어 줄 것이라는 믿음이 나를 앞으로 나아가게 한다.

지금 이 순간, 나는 내 안의 숨은 봄을 끄집어내며, 희망의 작은 노래를 계속 부를 것이다.

눈 녹은 자리에 꽃이 피듯

미즈 바쇼

겨울이 길어질수록, 봄은 더 깊은 감동으로 다가온다. 한 계절을 견뎌 낸 존재만이 아는 빛과 온기.

그것은 찬란함보다 조용한 울림으로 다가온다.

마치 눈이 녹은 자리에 아주 천천히, 그러나 반드시 피어나는 꽃 한 송이처럼.

나는 지난 몇 해를 겨울처럼 살아왔다. 몸은 아팠고, 마음은 더 자주 무너졌다. 하루하루를 버틴다는 말은 생각보다 무겁고 날카로운 것이었다. 하지만 그 시간들 속에서도 나는 멈추지 않고 걸어왔다.

아주 느리게, 가끔은 멈춰 서기도 하며, 어떤 날은 기어가듯 나아가며.

그리고 지금, 나는 그 시간 위에 서 있다. 돌이켜 보면, 이 모든 시간은 하나의 계절이었다.

혹독했지만 그래서 더 또렷이 기억될 계절. 그 안에서 나는 다시 피어나고 있었다.

다시 '나'로 돌아오고 있었다.

겨울의 끝자락은 미묘하다. 여전히 차가운 바람이 불지만 그 바람 속에 섞인 온기가 있다.

햇살은 짧지만 예전보다 따스하고, 나뭇가지 끝에는 눈에 띄지 않는 작은 봉오리들이 부풀어 오른다.

변화는 항상 이렇게 온다. 갑작스럽지 않게, 조용하게, 그러나 확실하게.

내 몸도 그랬다. 어느 날 문득 계단을 오르는 것이 조금 덜 힘들어졌고, 잠에서 깨어나는 순간이 조금 덜 무거워졌다. 사람들과 나누는 대화에서 웃음이 조금 더 자주 터져 나왔고, 거울 속 내 얼굴에서 조금 더 생기를 발견했다. 이 모든 '조금'들이 모여 하나의 변화를 만들어 가고 있었다.

눈이 녹는 소리를 들어본 적이 있는가? 거의 들리지 않지만 분명히 존재하는 소리다. 생명이 다시 숨을 쉬기 시작하는 아주 작은 울림. 나는 이제 그런 소리를 들을 수 있게 되었다.

몸의 통증 사이사이, 아이들의 조용한 웃음 속, 온천수의 따뜻한 김 사이에서. 그리고 내 안에서 들려오는, 여전히 살아 있겠다는 작지만 단단한 목소리 속에서.

하지만 솔직히 고백하자면, 때로는 이 겨울이 그립기도 하다. 이상하게 들리겠지만 혹독했던 시간들이 주었던 깊이와 고요함이 그리워질 때가 있다.

겨울의 순수함과 정직함이, 봄의 분주함 속에서 흐려질까 봐, 아픔 속에서 만난 나 자신의 깊숙한 곳, 절망의 바닥에서 건져 올린 작은 진실들이 사라질까 두려워지기도 한다.

그러나 계절은 돌고 돈다. 이것이 자연의 법칙이고, 생명의 약속이다.

겨울이 있기에 봄이 의미 있고, 봄이 있기에 겨울도 견딜 수 있다. 내가 지나온 어둠의 시간들도 마찬가지다. 그 시간들이 없었다면 지금의 빛을 이토록 소중히 여길 수 있었을까.

엄마는 늘 말씀하셨다.

"꽃이 피려면 뿌리가 깊어야 한다."

나는 이제 그 말의 의미를 안다. 내 뿌리는 어둠 속에서 자랐다.

보이지 않는 곳에서, 아무도 알아주지 않는 시간 동안, 조용히 깊어졌다.

그래서 지금 피어나려는 이 꽃은 더욱 단단하고 아름다울 것이다.

'나는 아직 끝나지 않았다'는 말은 이제 내 인생의 마지막 문장이 아니라 매일의 시작이 되었다. 겨울이 끝난다고 삶이 완전히 바뀌지는 않는다. 하지만 마음속 얼음이 녹기 시작하면 희망은 피어난다.

그건 마치 눈 녹은 자리에 꽃이 피는 이치처럼 자연스럽고 분명한 일이다.

이 책을 쓰며, 나는 다시 꿈을 꾸기 시작했다. 다시 사람들을 만나고, 다시 나의 이야기를 전하고,

다시 나를 사랑하기 시작했다.

삶은 여전히 고단하고 완전하진 않지만 이제 나는 믿는다. 내 안에도 봄이 찾아오고 있다는 것을.

그리고 이 봄은, 내가 만든 것이라는 것을.

계절의 순환을 보며 나는 영원을 본다. 죽음과 재생, 절망과 희망, 끝과 시작이 끝없이 이어지는 신비로운 리듬. 내가 경험한 고통도, 지금 느끼는 희망도, 모두 이 큰 흐름 속의 한 부분이다.

그렇게 생각하면 마음이 평화로워진다.

내 작은 이야기도 이 영원한 이야기의 일부라는 것이.

겨울의 끝에서, 나는 조용히 이렇게 적는다.

눈은 녹고, 꽃은 핀다.

나는, 다시 살아간다.

그리고 이것이 끝이 아니라는 것을 안다. 이 봄이 지나면 여름이 올 것이고, 여름이 지나면 다시 가을이, 가을이 지나면 또 다른 겨울이 올 것이다. 하지만 이제 나는 두렵지 않다.

각각의 계절이 모두 아름답다는 것을, 각각의 계절이 모두 필요하다는 것을 알기 때문이다.

마지막으로, 이 글을 읽을 누군가에게 전하고 싶다.

지금 당신이 어떤 계절을 지나고 있든 그것은 영원하지 않다.

겨울 한복판에 있다면, 봄은 이미 당신 안에서 준비되고 있다.

봄의 한복판에 있다면, 그 따스함을 충분히 누리되 다음에 올

계절도 두려워하지 말자.

모든 계절에는 그 계절만의 선물이 있기 때문이다.

그리고 기억하라. 눈 녹은 자리에 피는 꽃은 그 어떤 꽃보다 아름답다는 것을.

당신의 봄도, 당신만의 특별한 아름다움으로 피어날 것이라는 것을.

나스 여관 정원에 있는 작은 개울에는 한겨울 눈에 덮여 있다가, 해마다 눈이 녹으면 동시에 싹을 틔우며 나오는 미즈 바쇼(水芭蕉)가 눈 녹는 그 자리에 어김없이 피어난다.

매년 같은 자리에서, 같은 시간에 변함없는 약속처럼 피어난 봄의 전령사인 그 꽃을 보며 나는 믿는다.

어떤 혹독한 겨울이 와도 봄은 반드시 온다는 자연의 약속처럼, 새로운 계절은 새로운 희망과 함께 나의 삶의 이야기가 될 것이다.

삶의 모든 계절을 담아

죽음을 바라보며 삶을 다시 쓰기로 결심한 것은 40대 초반, 낯선 일본에서의 새로운 시작에서 비롯했습니다. 그 선택이 25년이라는 긴 시간 동안 내 삶을 어떻게 변화시킬지를 그리고 마침내 60대에 유방암 4기라는 절망적인 진단을 받게 될지를 그때는 알지 못했습니다.

일본에서 사계절이 스물다섯 번 바뀌는 동안 나는 수많은 봄을 기다렸고, 무더운 여름의 시련을 견뎌 냈으며, 가을의 쓸쓸함 속에서 깊은 성찰을 하게 되었습니다. 그러나 유방암 4기 진단을 받은 그 계절은 특별했습니다.

추위가 뼛속까지 스며들며 나를 얼어붙게 만들었고, 대체 무엇이 남았는지를 물었습니다.

　스위스의 조용한 병실에서, 고통 없이 존엄하게 생을 마감할 수 있는 선택이 내가 세상에 남아 있는 마지막 선택일지도 모른다는 생각이 스쳤습니다.

　그러나 인스타그램을 통해 우연한 기회로 이루어진 최원교 선생님과의 만남은 내 삶의 전환점이 되었습니다.

　선생님과의 책쓰기 프로그램을 통하여, 나는 단순한 변화가 아니라 절망의 어둠 속에서 한 줄기 빛을 발견했습니다. 그 빛을 따라 아프고 망설였던 나의 이야기를 글로 붙잡으며, 죽음을 준비하던 사람에서 삶을 다시 써 내려가는 사람으로 변화했습니다.

　특히 일본이라는 낯선 땅에서 언어도 서툴고, 아는 친지 하나 없는 막막한 상황 속에서 사계절을 버틸 수 있었던 것은 아베신야(阿部真也) 님 덕분이었습니다.

　그분의 보살핌과 가르침으로 한 인간으로 그리고 꿋꿋한 여성으로 성장할 수 있었습니다. 그분이 없었다면, 지금의 나는 존재하지 않았을 것입니다.

　이 책을 통해 배우게 된 삶의 의미는 다시 쓰는 것의 가치입니다.

다시 쓰는 인생의 의미를 배웠고, 이 이야기가 누군가에게 작은 위로와 용기가 되기를 소망합니다.

삶은 때로는 끝나지 않은 싸움처럼 느껴지지만 그 싸움 속에서도 우리는 찬란하게, 단단하게 살아 낼 수 있다는 것을 이제는 믿습니다.

또한, 이 책의 수익금 전액은 장애를 가진 이들과 그 가족을 위한 복지 기금으로 기부할 예정입니다.

그들에게도 따뜻한 희망의 손길이 닿을 수 있기를 간절히 바랍니다.

마지막으로, 이 책이 완성될 수 있도록 도움을 주신 최원교 선생님과 삶의 방향과 삶의 질을 다시 일깨워 주신 아베신야 님께 다시 한번 진심으로 감사의 인사를 드립니다.

우리는 오늘도 새롭게 시작되고 있으며,
오늘, 나는 아직 끝나지 않았다.

그리고 당신도 끝나지 않았습니다.

지금, 어떤 계절을 지나고 있든, 어떤 어려움 속에 있든, 기억해 주세요.

오늘 당신은 아직 끝나지 않았습니다.

오늘, 새로운 시작이 가능하며,

오늘, 작지만 의미 있는 기적이 일어날 수 있습니다.

우리에게는 언제나 '오늘'이라는 새로운 기회가 주어진다는 것을 그리고 그 하루하루가 모여 우리의 아름다운 인생을 만들어 갈 수 있다는 것을, 그 모든 사계절을 거쳐 온 지금, 저는 확신합니다.

모든 분이 자신만의 새롭고 의미 있는 시작을 써 내려가기를 바라며, 절망의 끝에서도 희망의 씨앗을 발견하길 간절히 기원합니다.

우리는 모두 아직 끝나지 않은 이야기의 주인공입니다.

오늘,
나는 아직 끝나지 않았다

초판 1쇄 인쇄 | 2025년 12월 23일
초판 1쇄 발행 | 2025년 12월 30일

지은이 | 고바야시 미키

펴낸이 | 최원교
펴낸곳 | 공감

등   록 | 1991년 1월 22일 제21-223호
주   소 | 서울시 송파구 마천로 113
전   화 | (02)448-9661 팩스 | (02)448-9663
홈페이지 | www.kunna.co.kr
E-mail | kunnabooks@naver.com

ISBN 978-89-6065-340-5 (03810)